KB079766

작가와 함께 대화로 읽는 소설

장군의 수염

이어령

작가와 함께 대화로 읽는 소설

장군의 수염

이어령

지식더미

복합적 주제의식과 전위적 소설미학의 발견

  19세기 영국의 비평가 매튜 아놀드는 비평, 즉 책읽기에 있어서 가장 중요한 것은 '사물을 있는 그대로 보는 것'이라고 했다. 아놀드가 이렇게 말한 것은 많은 독자들이 훌륭한 작품을 읽을 때, 있는 그대로 보지 못하고 편견이나 왜곡된 시선을 가지는 경향이 적지 않다는 것을 의미한다. 만약 독자들이 읽어야 할 텍스트가 난해한 예술 작품일 경우에는 더욱더 그러하다.

  가령, 프리드리히 횔더린과 프란츠 카프카는 물론 아일랜드의 제임스 조이스는 20세기 세계 문학사에서 가장 위대한 예술적 업적을 남긴 인물들이었지만, 일반 평론가나 독자들이 전위적이고 난해한 그들의 작품들을 충분히 이해하지 못했었기 때문에 그들이 살았던 시대에는 전혀 빛을 보지 못하고 묻혀 있어야만 했다. 이러한 현상은 천재적인 예술가들 개인에게는 물론, 사회적으로도 여간 불행한 일이 아닐 수 없다.

그래서 작가들이 자기 작품에 대해서 말하는 것은 금기(禁忌)시 될 정도로 부끄럽거나 쑥스러운 일이겠지만, 자기 작품의 난해한 부분의 구조와 작가적 의도를 밝히는 것을 잘못된 것으로만 탓할 수만은 없을 것 같다. 현대 독자 반응 이론을 들먹이지 않더라도, 진정한 의미에서 문학작품은 그것을 이해하는 독자를 만났을 때 비로소 탄생한다고 말할 수 있기 때문이다.

이어령은 60년대에 최인훈의 「광장」과 김승옥의 「무진기행」에 비견할 수 있는 소설 「장군의 수염」을 썼으나, 그가 전업작가가 아니고 탁월한 평론가라는 이유와 이 작품이 지니고 있는 전위적인 난해성 및 시대적인 상황 때문에 올바른 평가를 받지 못해왔다. 만일 많은 독자들이 이 작품의 소설미학과 그것이 무엇을 의미하는가를 제대로 이해할 수 있었을 것 같으면, 우리 소설사에서 이 작품이 차지하는 위치는 달라졌을 것이다.

이러한 관점에서 볼 때, 지금 서구(西歐)에서 널리 논의되고 있는 정전(正典, canon)문제를 두고 생각해 볼 것 같으면, 이 작품의 문학사적 위치는 재설정되어야 할 것이다.

이어령이 이 작품에서 사용하고 있는 추리소설 형태를 띤 액자소설에서 보여주고 있는 특수한 시점(視點)은 사건을 객관적으로 독자들에게 보여주는 기능을 넘어, 부조리한 사회 상황과 존재 문제를 함께 천착할 수 있는 예술적 전략마저 제공하고 있다. 이것뿐이 아니다. 특히, 이 작품이 지니고 있는 우의적(寓意的)인 요소는 높은 수준의 상징성을 지니고 있기 때문에 가볍게 스치고 지나갈 부분이 아니다.

그래서 우리는 「장군의 수염」을 올바르게 이해하기 위해 참된 가치와 진실을 묻어버리는 편견이라는 어두운 그림자를 제거해야 할 책임이 있다. 직관적인 통찰력이 있는 평론가는 작가도 생각하지 못한 작품 속의 진실을 발견한다고 말하지만, 작가의 도움이 있으면, 더욱더 큰 비평적 성과를 거둘 수 있을 것이다.

비평 내지 책읽기의 작업을 음악의 연주에 비유한다면, 연주자의 특수한 몫은 물론 있겠지만, 연주자가 작곡가의 의도와 도움을 받을 수 있으면, 더욱더 아름답고 훌륭한 연주를 할 수 있을 것이다.

이어령은 국문학을 전공한 학자지만, 민족주의라는 이름으로 닫힌 공간에 머물기를 거부하고 열려진 세계적 공간을 향해 진취적으로 걸어 나아가기를 주저하지 않았다.

그는 작가가 자기 작품에 대해 말하지 않아야만 된다는 '금지된 벽'을 허물고, 작가들로 하여금 자신의 창작 과정과 그 속에 숨겨놓은 비밀을 밝히게 함으로써 주변에 쌓인 편견의 검은 휘장을 치워버리는 과감한 지적인 용기를 보였다.

아무쪼록, 이러한 그의 노력으로 말미암아 도서출판 '지식더미'가 사명감을 갖고 기획한 이 시리즈의 다른 작품들은 물론 이어령의 역작이자 명작인 「장군의 수염」이 평단의 여러 사람들과 함께 많은 독자들에게 올바르게 읽혀지고 이해되어 새롭게 평가되기를 바라는 마음 간절하다.

독자들이 작품을 외연적인 줄거리 위주로만 읽지 말고, 작품 속에 숨겨진 비밀의 진실을 구조적으로 밝힐 수 있다면 그것은 어둠 속에서 빛나는 광맥을 발견하는 기쁨과도 같다는 것을 느끼게 될 것이다. 이러한 관점에서 볼 때, 이어령이 여기서 시도한 편집 아이디어는 비록 작은 것이지만 우리나라 비평계에 또 하나의 새로운 이정표를 세웠다고 말할 수 있겠다.

한 권의 책을 세상에 내어 놓는 것은 보기와는 달리 그렇게 쉬운 일이 아니다. 신문사의 일과 거미줄처럼 복잡하게 짜인 바쁜 스케줄 속에서도 이 책을 위해 대담 시간을 할애해 주시고 귀한 글을 흔쾌히 써 주신 이어령 선생님께 진심으로 감사한다. 아울러 지식더미 장현규 주간과 편집부 여러분께 심심한 사의를 표하고 싶다.

2007년 11월

이태동 (문학평론가·서강대 명예교수)

차례

원작 소설

장군의 수염

이어령

[원작 소설]

장군將軍의 수염

1

"심문(審問)을 하는 건가요?"

소파에서 나는 벌떡 일어났다. 음성이 지나치게 컸지 않았나 싶다. 그의 명함이 티테이블에서 떨어졌지만 줍지 않았다. 그렇지만 불쾌한 빛을 노골적으로 나타낸 것이 오히려 잘됐다고 생각했다. 더 이상 죄인처럼 앉아서 얌전하게 대답만 한다는 것은 자신을 모욕하는 짓이다. 박 형사의 홈스펀 윗조끼에 달린 단추 하나가 실 끝에 매달려 간당간당하고 있다. 그것이 내 신경을 거슬리게 했는지도 모른다.

박 형사는 따라 일어섰다. 내 옷자락을 잡으려는가 보다. 그러나 나는 못 본 체 뒤돌아서서 창가로 걸어갔다. 1시를 조금 지난 시간이었는데도 호텔 방 안은 땅거미가 지고 있었다. 눈이라도 내리고 있는 것인지 모르겠다. 블라인드 커튼을 올리면서 나는 한층 더 대담하고 격한 어조로 말했다.

"난 그의 이름도 제대로 기억할 수 없다고 말했잖아요. 나는 벌써 세 번이나 똑같은 말을 되풀이하고 있는 겁니다. S신문 사진부 기자라는 설명을 듣고서야 겨우 짐작이 갔다구요. 그를 만난 것은 딱 한 번, 그렇죠, 딱 한 번 술을 마신 적이 있었어요. 술집 이름도 지금은 기억할 수가 없구요. 사진부 미스터 김의 소개로 같이 만난 거니까, 그 사람을 만나 보는 편이 더 간단하지 않겠어요? 그런데 대체 '그럴 리가 없다' 고만 하면 나보고 거짓말이라도 하라는 건가요? 대체 무엇 때문에 그러는 거요?"

낯 모르는 사람이 호텔을 찾아왔다는 것만으로도 나는 유쾌할 수가 없다. 그가 프론테라의 셰리주를 들고 찾아왔대도 나는 반가와 하지 않았을 일이다. 내가 사반나 호텔에 들어 있다는 것은 누구도 모르는 일이다. 이곳을 주선해 준 출판사밖에는 모르는 일이다. 그러니까 이 형사는 우편배달부처럼 내 주소만을 믿고 찾아올 수는 없었을 것이다. 마치 범인을, 수배된 그 범인을 찾듯이 여러 사람을 거쳐 내 행방을 추적했을 것이다. 절이나 꾸뻑하고 돌아가려고 애써 이 호텔까지 찾아오지는 않았을 게 분명하다. 그렇다면, 그렇다면 이 형사는 무언가 굉장한 오해를 품고 있는 모양이다.

박 형사는 내가 서 있는 창가로 걸어 왔다. 그리고 창밖을 내다보고 서 있는 내 등 뒤에서 서류를 읽듯이 말했다. 억양과 감정을 쑥 빼낸 그 말소리가 이상하게 신경을 자극했다.

"그는 죽었습니다. 그저께, 그러니까 첫눈이 내리던 날 말입니다. 김철훈(金哲壎)은 밤 사이에 죽어 있었어요. 그런데…."

"그런데 어떻다는 말입니까? 유산이라도 나에게 전해 주라고 합디까? 결국 당신은 그의 죽음과 나 사이에 무슨 관련이 있었을 거라고 말하고 싶은 거죠…. 여기는 장의사가 아닙니다. 관계도 없는 남의 죽음에 대해서 뒤처리를 의논할 만한 곳이 못됩니다. 미안하지만 돌아가 주실 수 없어요? 아마 출판사에서 당신이 내 시간을 방해하고 있다는 것을 알면 그리 기분이 좋지 않을걸요. 그들은 이 방값을 지불하고 있으니까요. 지금 이 시간은 내 시간이 아닙니다."

그가 죽었다는 말이 나를 더욱 흥분시킨 것 같다. 그러나 이번엔 이상한 불안감이 끼어들기 시작했다. 박 형사의 시선과 마주치자 담배를 잡고 있던 내 손가락이 가볍게 떨리고 있는 것을 느꼈다.

하늘은 찌푸린 채였다. 눈은 아직 내리고 있지 않았다. 회색으로 오염된 공간 속에서 11월의 도시가 얼어 붙어있다. ―어제와 달라진 것은 아무것도 없다. 모든 것이 변하지 않고 있다. 나를 흥분하게 할 것은 아무것도 없는 것이다. 그런데 왜 나는 이렇게 서서 성내고 초조하게 굴고 불안한 예감을 느껴야 하는가? 무엇 때문에 그래야 하는가? 그의 죽음이 어떤 것이었든 나와는 상관없는 일이 아닌가.

돌아가라는 말에도 박 형사는 성내지 않았다. 오히려 정다운 사람끼리 이야기하듯 미소를 지었다.

"이런 직업을 가졌지만 나는 선생님의 소설이면 무엇이든 빼놓지 않고 읽는 애독자입니다. 심문할 뜻은 애초부터 없었습니다. 협조를 해 주셔야겠어요. 우리의 목적은 남을 괴롭히려는 게 아니라, 다만 그의 사인(死因)을 규명하자는 거니까요."

박 형사는 라이터를 꺼내 불을 켜서 내가 물고 있는 담배에 갖다 댔다. 그제서야 나는 내 담뱃불이 꺼져 있었다는 것을 알았다. 박 형사의 이야기가 벽 뒤에서 울려오듯이 먼 데서 들려오는 것 같았다.

철훈은 죽어 있었다. 그날은 바로 시골에 계신 그의 어머니가 서울로 올라오는 날이었다. 시체는 그의 어머니에 의해서 발견된 것이다. 방 안에는 연탄가스 냄새가 꽉 차 있었다. 이상스럽게도 연탄 난로의 뚜껑이 열린 채로 있었던 것이다. 철훈은 마치 기도를 올리는 사람처럼 방바닥에 엎드려 두 손을 부여잡고 있었다.

"가스 중독사였습니다. 그러나 그건 부주의에서 온 단순한 사고는 아니었습니다. 자살 아니면 타살이었죠. 그런데 그는 사진부 기자였습니다. 만약에 자살을 하려면 더 손쉬운 방법을 썼을 겁니다. 사진 현상을 할 때 극약을 다루어 왔으니까요. 그리고 그는 어머니를 좋아했습니다. 자살을 했어도 어머니를 만나보고 죽었을 것입니다. 한데 그게 바로 어머니가 올라오는 바로 전날 밤 일입니다."

우리는 다시 소파에 와서 앉았다.

"나는 손톱을 깎지 않은 자살자의 시체를 본 것은 이번이 처음입니다. 그건 참으로 흥미 있는 일입니다. 어떤 자살자도 세상일을 완전히 단념할 수는 없는 법이죠. 세상을 비관하고 자살을 하면서도 그들은 누구나 사후의 세상일을 염려합니다. 말하자면 유서의 글에 오자(誤字)가 없도록 노력한다거나, 자기 시체가 더럽게 보이지 않도록 죽기 전에 목욕을 하고 옷을 갈아입는다거나, 결국 끝까지 남의 시선을 벗어나지 못하는 겁니다. 심할 경우엔 자기의 자살을 극적인 것으로 꾸미기 위해서 신문사에 기사를 제공하는 사람까지 있습니다. 아주 과장된 내용을 말입니다. 뜻밖에도 세상에는 자기의 자살이 몇 단 기사로 보도될까 하는 것을 걱정하면서 죽어가는 염세주의자들이 많다는 겁니다. 나는 많은 자살 사건을 다루어 왔습니다마는 그들의 공통점은 누구든 생에 대한 미련을 완전히 뿌리치질 못한 채, 그리고 죽음을 예비하는 데에 있어 모두 한 가지씩 감상적인 증거를 남겨 둔 채 죽는다는 사실입니다. 그런데 난처한 건 말입니다. 김철훈의 경우엔 그런 자살의 흔적이 전연 보이지 않는다는 점입니다. 만약 그게 자살이었다면, 인간이 가질 수 있는 가장 절대적이고 완전한 자살이었을 겁니다. 하지만 사람은 그렇게 자살할 순 없을 것입니다."

"타살이란 말씀이시군요? 그리구 타살이라면…."

나는 계속 불쾌한 말투로 반문했다.

"그게 바로 문제란 말입니다. 타박상이란 것도 그가 침대에서 떨어질 때 생긴 거였어요. 아직 시체 해부의 결과를 기다리고 있는 중입니다마는 연탄 중독사라는 것은 의심할 수 없어요. 잠든 틈을 타서 누가 연탄 난로의 뚜껑을 열어 놓았을 거라고 가정을 할 수는 있습니다. 그러나 물건에 손을 댄 흔적은 한 군데도 없어요. 더구나 중요한 사실은 그에겐 친한 친구가 하나도 없었다는 점입니다. 직장에 있을 때에도 동료들과 어울린 일이 거의 없었다는 겁니다. 훔쳐 갈 만한 물건도, 죽일 만한 원한도 그는 갖고 있지 않았습니다. 다만 혐의를 둘 만한 두 가지 사실 가운데 하나는 그의 카메라를 찾아 볼 수 없었다는 점, 또 하나는 일주일 전 그와 6개월 동안 동서생활(同棲生活)을 하던 여인과 헤어졌다는 사실입니다. 하지만 그것도 별로 신통치가 않아요. 카메라는 롤라이코드였지만, 그는 신문사를 그만둔 뒤에 오랜 실직생활을 했어요. 음악가도 궁하면 혈육 같은 악기를 팔아서 빵을 사온다지 않아요? 여자도 만나 봤어요. 알리바이도 확실했고, 그와의 관계나 배후도 깨끗했어요. 이런 사건은 가장 골치 아픈 일에 속합니다. 소설의 소재로 보아도 싱겁지 않을 겁니다. 정말 그렇지 않습니까?"

박 형사는 나를 비꼬고 있는 것 같았다. 이쪽에서도 응수를 해 주어야겠다고 나는 생각했다.

"저보고 소설을 써 보란 말씀이시군요. 이젠 심문이 아니라 창작 강의를 하시는 겁니까? 다음엔 좀더 좋은 소재를 갖고 오십시오."

박 형사는 다시 정색을 하고 명함을 꺼냈던 안 호주머니에서 구겨진 편지봉투 하나를 꺼내들었다.

"그러나 다행히도 마지막 한 가지 실마리가 남아 있습니다. 이 편지죠. 죽기 몇 시간 전에 써 놓았던 이 편지가 있었습니다. 선생님은 이 사건의 마지막 열쇠를 쥐고 있는 것입니다. 협조해 주십시오."

"유서인가요? 아까 말씀하신 것과는 다르군요. 그도 역시 다른 인간들처럼 자살의 흔적을 남겨 두었으니 기쁘시겠습니다."

나는 박 형사에게 농락을 당하는 기분이었다. 그러나 그것은 유서가 아니었다. 신문사 전교로 나에게 부쳐질 편지였다. 피봉에는 뚜렷이 내 이름이 적혀 있었다. 우표까지 붙어 있었지만, 스탬프는 찍혀 있지 않았다. 발신인은 김철훈, 다시 손가락이 떨리기 시작했다. 편지는 대학 노트장에 인사말도 없는 메모처럼 몇 자 적혀 있었다.

이번에 선생님을 뵈올 때에는 꼭 완성시킨 것을 보일 것입니다. 일주일 안으로 나는 그것을 해치울 수 있습니다. 자신이 있습니다. 비웃어도 할 수 없습니다. 그것이 안 되면 나는 마지막입니다. 그 다음에 어떻게 할 건가는 아직 생각 않고 있습니다. 선생님의 주소를 가르쳐 주시면 고맙겠습니다.

2월 24일 훈

박 형사는 수첩을 펼쳤다.

"편지라기보다 꼭 전보문 같지요. 협조해 주셔야겠어요. '그것'이라고 한 것을 우리에게 말해 주셔야겠습니다. 선생님은 이름도 기억하지 못하는 사람이라고 하셨지만 그의 마지막 유서 같은 글을 받은 사람은 선생님 한 분이십니다. 우리는…."

나는 그제서야 웃을 수 있었다.

"그래요. 우리는 너무 먼 길로 돌아 왔군요. 가까운 지름길을 두고 헤맨 것 같습니다. 유도 심문이라는 것이 때로는 가장 비과학적일 수도 있군요. 왜 처음부터 이 말을 꺼내지 않았습니까? 하지만 별로 좋은 단서는 못 될 것 같습니다. 여기서 '그것'이라고 한 것은 '장군의 수염'을 가리킨 것입니다. 그는…."

이번에는 박 형사가 처음으로 얼굴을 붉혔다.

"농담하지 마십시오. 아마 내가 지금쯤 선생님의 농담이나 듣고 이런 꼴로 앉아 있는 것을 서(署)에서 알면 그들은 기분이 좋지 않을 것입니다. 이 시간은 내 시간이 아닙니다. 농담은 근무 시간이 아닐 때, 술집 같은 데에서 듣는 것이 어떨까요?"

박 형사는 내가 농담을 하는 줄로만 알았던 모양인지 역습을 했다. 그러나 내 말은 사실이었다. 그가 처음 미스터 김을 통해 나를 만났던 것도 실은 그 '장군의 수염' 때문이었다.

그는 소설을 쓰려고 했던 것이다. 그것을 쓰기 전에 그는 소설가와 대화를 나누고 싶다는 것이었다. 나는 그때 그가 근무하고 있는 S신문에 연재 소설을 쓰고 있었다. 그런 연줄로 아마 나를 선택했는지도 모른다.

나는 처음 그 청년을 대했을 때 별로 대수롭게 여기지 않았다. 거리에 서서 5분만 있어도 그렇게 생긴 청년은 어디에서고 만날 수가 있다.

지금도 이마에 화상을 입은 흉터밖에는 그의 인상을 생각해 낼 수가 없다. 평범한 청년, 대부분의 청년들 중의 하나였던 것이다.

학교에서는 학점이 F로만 내려가지 않도록 조바심을 하면서도 여비서를 거느린 관리가 되거나, 백만장자의 아름다운 딸 — 외딸이라면 더욱 좋다 — 과 우연히 사랑을 나누게 되고, 미국 유학을 가서 PHD를 따고 캐딜락을 타고 다니며, 또 외국의 외교관들과 어울리어 브리지 게임이라도 하고…. 그러다가 그런 꿈을 배낭 속에 쑤셔 넣은 채 전쟁터로 끌려 나가고, 폭발하는 50밀리 포탄과 연막탄 속에서 깨진 꿈조각들을 장사 지내고, 사회는 별게 아니라거나, 월급이 후한 일자리라도 한자리 차지하면 좋겠다고 중얼거리게 되는 청년들. 이것도 저것도 모든 것이 다 시시해지면, 누구나 한번쯤은 소설 같은 것을 써 보고 싶다고 말로만 벼르는 그런 친구들의 하나였을 것이다.

그저 주의를 끈 것이 있다면, 그가 장차 쓰겠다는 소설 제목이 유별나게도 '장군의 수염'이었다는 점 뿐이었다. 스토리도 좀 황당무계하고 카프카의 아류에 지나지 않는 것 같다.

철훈은 술이 오르자 갑자기 다변증에 걸려버렸다. 그리고는 제법 가르침을 많이 받아야겠다는 애초의 말과는 달리, 이쪽을 경멸하는 투로 이야기를 하는 것이었다.

옆에 앉아 있던 미스터 김이 눈짓을 하는데도 철훈은 한국 소설이 너무 표피적이고 작자들은 빵을 찌듯 신문기사에 이스트를 뿌려 그걸 부풀게 해 놓은 재주밖에 없는 찐빵 가게 주인에 불과하다고 흥분했다.

나는 선술집 벽에 붙은 '외상사절(外上謝絶)'이라는 표를 바라다보면서 새삼스럽게 '외상'이라는 어원이라든가 '사절'이라는 두 글자가 하나는 너무 공손하고, 한쪽은 또 너무 살벌하다는 절름발이 이미지에 웃기도 하면서 그의 말에 귀를 기울이는 체했었다. 그것이 그와 나 사이에 벌어진 전부의 일이다.

"그래요? 그러면 그게 소설을 쓰겠다는 편지였군요, 선생님은…."

박 형사는 갈포지를 바른 벽 쪽을 향해서 머리를 끄덕였다. 바람이 빠져 버린 풍선 같은 표정이다.

"선생님은 그날 들었던 그 소설의 줄거리를 대충 저에게 말해 주실 수 있겠습니까? 별로 참고는 되지 않겠지만, 그의 책상 위에는 원고지가 널려져 있었고 무언가 글을 쓰고 있었던 것 같았는데요."

"사인을 찾을 만한 이야기는 그 소설에 나와 있지 않을 겁니다. 사실 스토리라고 하는 것은 사람의 해골과 같은 것이죠. 그것만 가지고는 그게 미녀인지 추녀인지도 분간할 수 없는 것이니까요. 나도 그에게 말했습니다. 소설은 입으로 쓰는 것이 아니라 손으로 쓰는 거라구요."

"어째서 그 소설 제목이 '장군의 수염' 입니까?"

박 형사는 시간을 낭비한 것을 후회하는 사람이 곧잘 그 초조감 때문에 더욱더 시간을 낭비해 버리는 그런 경우에 빠져 있는 것같이 보였다.

"쿠데타가 일어난 어느 날 아침부터 그 소설은 시작된다고 했어요. 직업은 확실치 않지만 어느 회사의 하급 사원 하나가 그 소설의 주인공이구요. 그런데 혁명군들은 오랫동안 산속에서 숨어 살았었기 때문에 수염을 깎지 못한 얼굴… 모두들 구레나룻과 턱수염들을 기른 채 나타났다는 거죠. 그때 사람들은 무엇 때문에 혁명이 일어났는지? 장차 나라 일이 어떻게 될 것인지? 하는 문제보다도 혁명군의 행진을 지휘하고 있는 '장군의 수염'만을 가지고 화제들을 삼았다는 겁니다. 장군도 역시 똑같은 수염을 기르고 있었지만, 그의 수염은 가위로 잘 다듬어 놓아서 한층 더 멋지게 보였던가 봅니다. 이야기를 계속할까요?"

박 형사는 아직도 벽지 무늬만을 쳐다보고 있었다. 밖에서는 눈이 날리기 시작했다. 불안감에서 해방되자 나는 갑자기 수다스러워졌다. 박 형사에게 심하게 군 것을 미안하다고 생각했다. 나는 '장군의 수염' 이야기를 그냥 계속해 갔다.

혁명이 일어난 다음부터 사람들은 '장군의 수염'과 똑같은 형태의 수염을 기르기 시작한 것이다. 민간인으로 혁명 내각에 들어간 사람들은 앞을 다투어가면서 수염부터 기르느라고 야단들이었다.

어느덧, 수염은 혁명을 상징하는 자격증 같은 것이 되어 버렸다. 정부의 고급 공무원들은 말할 것도 없고, 정부관리 기업체, 특혜를 받는 기업가, 은행장들은 모두 충성을 맹세하기 위해서 장군과 같은 수염을 기르고 공석상에 나타났다.

'장군의 수염'은 전염병처럼 나날이 번져갔다. 대학 총장님으로부터 리어커꾼에 이르기까지 모두들 수염을 기르고 거리를 행진하는 것이었다. 아침에 일어나면 사람들의 수염은 그만큼 더 자라나고, 주변에는 규격화된 '장군의 수염'이 하나씩 더 늘어갔다.

이제 수염을 기르지 않고는 세상을 살아가기 어려운 시절이 온 것이다. 소설의 주인공, 그 회사원은 점점 불안이 자기에게로 가까이 다가서는 것을 느끼기 시작했다. 주위에서 하나 둘, 수염 없는 사람들의 얼굴 모습이 사라져 가고 있는 것이다. 이발소에 들러도, 숫제 수염에는 면도날을 대지 않았던 것이다. 그는 이발을 할 때마다 이발소 주인과 언쟁을 하게 되고, 수염을 단 사람과 다투게 된다.

결국 그는 버스 칸에서고 식당에서고 길거리에서고 이상스러운 눈초리로 자기를 지켜보는 타인들의 시선, 수염을 기른 그 타인들의 시선에 불안과 공포를 겪고 사는 것이었다. 그러나 그는 끝내 '장군의 수염'을 기르는 것을 거부한다.

"불안하다면 자네도 수염을 기르면 되지 않는가?"

소담스런 수염을 기른, 그래서 얼굴이 아주 바뀌어 버린, 또 그래서 낯선 사람처럼 변해 버린 그의 동료들은 그렇게 충고를 했다.

그는 불안할수록 수염을 기르는 것을 거부한다. 그래도 믿고 있었던 몇몇 친구들까지도 면도를 하지 않는 얼굴로 나타나기 시작했다.

'설마? 면도를 하지 않았을 뿐이겠지.'

그러고 보면 날이 갈수록 점점 수염터가 분명히 잡히게 되고 한 달이 지나면 불길했던 예감대로 아주 다른 얼굴로 바뀌어 갔다. 사람들은 그런 순서로 그의 곁을 떠나고 있었다.

그 회사원의 불안은 자꾸 가깝게 좁혀지기 시작했다. '장군의 수염'을 기른 사장이 그를 부른 것이다. 그리고 직장을 쉬고 몸을 치료하라는 권고를 받게 된다.

그는 "수염 때문입니까? 수염을 길러야 한다는 법령이라도 나왔는가요?"라고 반문한다.

사장은 '장군의 수염' 뒤에서 웃었다. 우리나라는 민주공화국이고, 헌법으로 개인의 자유가 보장되어 있는데, 어째서 수염 이야기를 꺼내느냐고 점잖게 꾸짖었다. 바로 그런

강박관념을 고치기 위해서 정신 요양을 해야 된다는 것이었다. 정신병자로 몰려 직장을 쫓겨나게 된 그의 수난은 거기에서 끝나지 않았다.

그가 길에서 사람들을 만나서 무엇을 물어도 수염들은 모두들 피해 달아나는 것 같았다. 그리고 밤이 되면 수염들은 복수를 하러 온다. 밤마다 악몽을 꾸는 것이다. 긴 수염들에 얽혀 숨을 쉴 수 없게 되는 꿈이다. 어디를 가나 수염이 쫓아오고, 그 수염의 밀림은 달아나는 그의 목을 감아 버린다. 그는 거미줄에 얽힌 나비처럼 수염 속에서 허우적거리다가 눈을 뜨곤 한다.

그는 자수를 했다. 술을 죽도록 마시고 파출소 문을 걷어차고 들어간다. '장군의 수염'을 기른 파출소 주임에게로 가서 "저를 잡아 넣으십시오. 죽어도, 죽어도 수염을 기르지 못하겠습니다. 어서 수갑을 채우고 형무소로 보내주십시오"라고 울면서 말한다. 그러나 그는 거기에서도 쫓겨난다. 수염을 기르고 안 기르는 것은 자유라는 것이었다. 그는 역시 '장군의 수염'을 기른 파출소 순경들에게 끌려 거리에 쓰레기처럼 내던져진다.

"그는 거리로 내던져진다는 거죠."

박 형사의 눈이 번쩍 빛났다.

"정치적인 소설입니까? '장군의 수염'이라고 한 것은 현 정부를 두고 하는 소립니까?"

나는 박 형사가 그렇게 긴장해서 묻는 것이 이번이 처음이었다고 느꼈다.

"우화지요. 현대의 이솝 우화지요. 아마 철훈 군은 현대의 획일주의를 '장군의 수염'으로 상징하려고 했던 것 같습니다. 반드시 특정한 시간, 특정한 나라의 사건을 풍자하려고 한 것은 아닐 겁니다. 요순 임금 때나 알렉산더 대왕때나, 아니 미래의, 아주 먼 미래에 나타날 우리들 미지의 황제가 지배하는 시대의 이야기라고 해도 좋을 겁니다."

나는 박 형사가 다시 사물을 오해하기 시작하는 것을 근심했다.

"미래의, 아주 먼 미래의 황제가 지배하는…."

박 형사는 무엇에 홀린 것처럼 내 말을 되풀이 하고 있었다.

"그렇습니다. 날이 갈수록 사회는 획일화되어 가고 있습니다. 구두만 해도 그렇고, 의복만 해도 그렇고, 만년필, 그릇, 단추, 주택, 모든 것이 판에 찍힌 것처럼 획일적으로 되어 갑니다. 그것에 대한 공포입니다. 모든 것, 정치나 생활

풍속이나, 그 모든 것들, 그 모든 문명이 '장군의 수염'에 감겨서 질식해 가는 그런 인간의 숙명을 그는 다루어 보고 싶었을 겁니다. 그러나 소설로서는 너무 관념적이라… 그 래요. 너무 관념적이라 성공하기 어려운 소잽니다."

박 형사는 시계를 들여다 보았다. 초설(初雪)인데도 밖 은 온통 눈발 속에 파묻혀 있었다. 나는 박 형사를 배웅해 주었다. 도어를 열면서 나는 위로를 해 줄 만큼 여유가 생 겼던 것이다.

"까다로운 사건을 맡으셨습니다. 참 그 이야기 아십니 까? 권총 소제를 하다가 그만 오발로 죽게 된 청년이 숨이 넘어가는데도 벽에다가 '나는 사고로 죽은 것임' 이라고 사 인을 밝히고 죽었다는 어느 외국 이야기 말입니다. 지금 생 각해 보니 그 청년의 행동을 이해할 수 있겠어요. 수사관들 을 괴롭히는 것도 죄일겁니다. 어때요, 사인은 자살이 아닐 까요?"

박 형사와 악수를 했다. 그의 손엔 힘이 없었다.

"아닙니다. 타살일 겁니다. 나는 카메라의 행방을 찾아야 겠습니다. 자살이라고 생각하신다면, 무엇 때문에, 무슨 동 기로 죽었는가도 해명해 주셔야 합니다. 그것은 형사님보 다는 선생님 같은 문학자나 심리학자나 철학자 님들이 할 일이거든요. 만약 협조해 주신다면 증기물로 보존된 그의 수기 노트를 보여 드릴 수도 있습니다. 그리고 그의 집에 있는 원고를 찾아 읽어 보실 수도 있겠구요. 아직 시골에서 올라온 그의 어머니가 그 방을 지키고 있으니까요. 홍미가 있으시다면 말입니다."

피곤이 몰려왔다. 글이 써질 것 같지 않았다. 침대에 눕는다. 계단을 내려가는 박 형사의 발자국 소리가 눈이 내리고 있는 회색 공간 속으로 말려 들어가고 있었다. 그러다가 아무 소리도 들려 오지 않았다. 그는 왜 죽었을까?

2

연탄재, 달걀 껍데기, 말라비틀어진 쥐의 시체, 쓰레기들— 좁고 질고, 어두운 골목길을 몇 개나 지나왔다. 사그라져 가는 판자 울타리들이 늘어선 골목길을 빠져 나오자 또 한 번 커브가 꺾였다. 돌아서는 길 어귀에는 서너 명의 부인들이 골목 안을 넘겨다 보며 무엇인가 귀엣말로 수군대고 있었다. 그 골목으로 꺾어 들어서자 그들은 놀란 듯이 흩어지며 불안한 곁눈질로 내 얼굴을 훔쳐 보았다.

김철훈이 세든 집은 그 골목이 끝나는 막다른 지점에 있었다. 일본 사람들이 살던 철도 관사였던가보다. 낡은 2층 목조 건물들의 나가야[長屋]인데, 여러 세대마다 제가끔 울타리와 대문을 해 닫을 수 있게 뜯어 고친 것이라 그 구조가 복잡해 보였다.

박 형사가 놓고 간 그 편지의 겉봉 뒤 주소를 다시 확인하고 나는 김철훈의 방을 찾았다.

2층으로 올라가는 계단은 쥐들의 시체가 썩어가고 있는 미끄럽고 지저분한 그 어두운 골목길의 연장이었다. 닳아 빠진 나무 계단은 한 칸씩 올라갈 때마다 지친듯한 소리로 삐걱거렸다. 노크를 해도 소용이 없을 정도로 낡은 후스마 (일본의 장지문)가 바람결에 덜커덕거리고 있었다. 그것이 그의 셋방이었던 것이다.

문을 열자, 나는 섬짓 놀랐다. 맞은켠 침대 위에 조바위를 쓴 노파가 보살처럼 눈을 감고 정좌해 있었고 그 아래로 불공을 드리듯이 중년 부인 하나가 침대가에 머리를 괴고 엎드려 있는 뒷모습이 보였다. 김철훈이 죽은 방이다. 그런데도 나는 그들의 모습을 보자 웃음이 키득 나오려는 것을 억지로 참아야만 했다. 절간 같은 생각이 들었기 때문이다.

노파는 조용히 눈을 떴다. 사람의 얼굴을 보자 다시 그 노파의 눈에서 눈물이 괴었다. 그러나 볼에 잡힌 주름은 꼭 웃고 있는 것처럼 보였다. 나직하고 쉰 목소리로 노파는 독백을 하듯이 입을 열었지만 점점 그 목소리는 크게 떨렸다.

"안 돼, 안 돼. 우리 애들 빨리 돌려 줘요. 그 애 몸에 상처를 내게 할 수는 없어유. 안 되는 일이래두. 그 애는 내가 죽인 건디… 왜들 그런대유. 생전에 이마의 흉터 때문에 그 고생을 시켰는디, 안 될 말이여! 누구두 그 애 몸에 상처를 내선 안 된다니까유. 죽어서도 이 에미를 또 원망할 거란 말유."

다시 노파는 잠잠해지면서 눈을 감았다. 그 손에는 염주가 쥐어져 있었다. 노파는 나를 서에서 나온 사람으로 안 모양이었다. 철훈의 누이라고 하면서 중년 부인은 의자를 끌어 내다 준다. 그리고 귀엣말로 말했다.

"어머니는 지금 검시(檢屍)를 해서는 안 된다고 말씀하시는 거예요. 어떻게 안 될까요? 어머니는 지금 이상한 자격지심 때문에 더 괴로워하고 있는 겁니다."

"자격지심요?"

나는 의외의 말에 그만 소리를 질렀다. 노파는 눈을 떴다가 감고는 불경을 외며 염주를 돌렸다.

"어머니는 그 애가 이마의 흉터 때문에 죽은 거라고 생각하고 있는 거예요. 칠훈이가 젖먹이 애일 때였어요. 어머니는 밤늦게 바느질을 하고 있었어요. 노 할머니가 계셔서 그 나이에도 시집살이가 심했거든요. 애에게 젖을 물린 채 인 두질을 하시다가 그만 고단해서 깜빡 잠이 드셨다나 봐요. 그때 끔찍스러운 일이 일어난 거죠. 어머니는 잠결에 인두 로 그만 애 이마를…."

"인두로 이마를?"

나는 이마 위에서 번쩍거리던 화상의 흉터를 생각했다. 화상! 나는 그것이 전쟁터에서 입은 화상인줄로만 알았다. 저 노파도 지금 그 인두 자국의 화상을 입고 있을 것이다. 그래서 그 노파는 죽은 아이들의 시체나마 다시 상처를 입 히지 않으려고 애쓰고 있는 것이다.

"그 애는 어렸을 때부터 친구가 없었지요. 늘 심심해 했 답니다. 혼자 골방에 들어가서 몇 시간씩 숨어 있을 때도 많았어요. 어느 때는 애가 골방에 들어 있는 것도 모르고 우리끼리 저녁밥을 먹는 일도 많았구요. 어머니는 그 애가 이마의 흉터 때문에 성격이 그렇게 이지러졌다고 늘 그것 을 걱정하고 계셨답니다."

갑자기 실성한 노파는 비명을 질렀다.

"안 돼유, 안 돼. 우리 애를 빨리 내놔유."

나는 침대 쪽으로 갔다. 그리고 잠시 주저했다. 무어라고 불러야 좋을지… '어머니', '아주머니', '할머니' … 나는 입 속에서 한마디씩 불러 보았다. 쑥스럽지만 '어머니'라고 부르자, 나는 형사가 아니라 철훈의 친구라고 말했다.

"친구! 친구라니유?"

박 형사와는 정반대의 반응을 보였다.

노파는 천천히 고개를 가로 젓고 있었다. 너는 내 아들과 아무 관계가 없는 사람일 것이라고 말하는 것 같았다.

나도 '친구'라고 해 놓고 당황했다. 나는 박 형사가 김철훈을 아느냐고 할 때만 해도 펄쩍 뛰지 않았는가?

나는 왜 그토록 강력하게 그를 부정했을까? 그것은 사실이다. 내가 김철훈의 이름을 기억 못했던 것은 사실이다. 그러나 그건 비굴하지 않았는가?

그렇지 않다. 베드로는 예수를 잘 알고 있으면서도 세 번이나 부정했다. 모르는 사람을 아느냐고 했을 때 부정한다는 것은 당연한 일이 아닌가?— 하지만 나는 지금 분명히 그를 친구라고 불렀다. 친구라고 부를 수도 있는 사람을 필요 이상으로 모른다고 잡아 뗀 것은 비굴한 짓이다.

단 한 번밖에 만나지 못했다 해서, 이름을 기억하고 있지 못하고 있다 해서, 정말 그의 죽음에 대해서 호기심을 갖고 있는가? 왜 사인(死因)을 캐내려 하는가? 박 형사의 말대로 소설의 소재를 구하기 위해선가? 조금도 어색하지 않게 처음 보는 그 노파를 '어머니' 라고 부른 것이나, 어제만 해도 완강하게 박 형사 앞에서 부인하던 김철훈을 태연스럽게 '친구' 라고 한 그 변화에 나는 잠시 당황했다.

"노하지 말아요. 어머닌 철훈의 일만 생각하고 있어요. 이젠 우리 모녀만이 남았구. 어머니는 실성한 사람과 다를 게 없어요. 난 초년 과부가 되었던 것을 한탄했지만, 이렇게 되고 보니 오히려 잘된 일인지도 몰라요. 어머니는 너무 불쌍합니다."

나는 목적 의식을 잃지 않기 위해서 조심했다. 사인을 캐내기 위해 나는 이곳에 와 있는 것이다.

"정말 그 흉터 때문에 철훈이가 자살을 했을까? 애들이 그 흉터를 놀리고, 또 커서는 그것 때문에 남의 앞에 나서기를 주저하구… 그래서 성격이 비뚤어졌구…. 그렇지만 그는 지금까지 잘 견뎌 왔잖아요?"

누이는 옷고름과 옷깃을 여몄다. 슬픔에 젖은 사람들은 타인의 시선을 두려워하지 않는 것일까? 그녀의 옷깃은 흐트러져 있었던 것이다.

"철훈이가 혹시 그의 형 이야기를 하지 않던가요? 자살을 했다면 그 때문이었을 거예요. 그 애는 그 일이 있고부터 형 이야기를 통 꺼내지 않으니까요. 흉터가 그 애를 외롭게 만든 것은 사실이지만 형이 끌려간 것을 보고 더 충격을 받았던 거예요."

"형은 죽었나요?"

"감옥에서 죽었어요. 철훈이는 친구를 사귀지 못했지만 유난히도 그 형을 좋아했구, 그 형하구만 놀았어요. 해방이 되고서야 우리는 그가 빨갱이었다는 것을 알았습니다. 일본으로 대학 공부를 보낸 것이 잘못이었죠. 해방이 되자 소작인들에게 땅을 나누어 주어야 한다고 아버님에게 덤벼들었던 거예요. 끔찍한 일이었어요. 철훈이를 붙잡고도 가끔 이상한 이야기를 했기 때문에, 아직 초등학교 6학년 때였지만요, 집안에서는 형제를 서로 만나지도 못하게 했답니다. 소작인의 젊은 애들을 모아 당을 만들다 형은 쫓겨난 거예요. 아버지가 내쫓은 거지요."

노파는 여전히 염주를 돌리고 있었다. 댓잎 같은 손가락 사이로 검은 염주들이 소리 없이 굴러 갔다.

"그게 충격을 주었군요."

나는 철훈의 누이를 향해 동의를 구했다. 그러나 그녀는 나를 쳐다보지도 않고 혼잣말처럼 이야기를 했다.

"훨씬 뒤에 일어난 일이죠. 반자에서 쥐들이 철썩거리며 떨어진 날 밤이었어요. 비바람이 치고 있었지요. 비를 흠씬 맞고 2년 만에 형은 집으로 다시 뛰어든 거예요. 빗방울을 튀기면서 짐승같이 떨고 있었어요. 나를 숨겨 달라고 하면서 누군가를 몹시 욕하고 있었답니다. 그놈 때문에 나는 죽는다고도 했고, 이젠 난 빨갱이도 뭐도 아무것도 아니라고 헛소리처럼 떠들어댔어요. 그때 무슨 일이 있었는지는 지금껏 우리도 모르고 있어요. 어쩌면 철훈이는 알고 있었는지 몰라요. 그 애는 방학 때라 시골로 내려와 있었고, 철도 든 때였고, 또 형은 그 애하고만 무슨 이야긴가 서로 주고받았지요.

"아버지가 그를 용서하셨던가요?"

나는 그 일이 궁금했다. "아버지는…"이라고 그녀는 다시 말했다.

아버지는 그를 보자 곧 밖으로 끌어냈다. 형은 비를 맞으며 땅바닥에 무릎을 꿇고 빌었지만 그의 아버지는 용서하지 않았다.

"난 널 용서할 수 있다. 그러나 조상은 용서하지 않을 것이다"라고 하며 나가라고 했다.

철훈도 형 옆에 꿇어앉아 같이 비를 맞으며 애원했다. 이제는 조상의 땅들도 토지개혁으로 다 잃었으니 형님을 용서해 달라고 했다. 그것이 도리어 아버지의 비위를 건드렸던 것이다. 토지개혁 소리를 듣자 아버지는 미친 사람처럼 되었다.

저런 사상을 가진 놈들 때문에 토지개혁이 되었다는 것이었다. 조상들 앞에 낯을 들지 못하게 된 것도, 세상이 이렇게 변한 것도 모두 저놈들의 탓이라고 했다.

그때 뒤쫓아 온 형사에게 그는 끌려갔던 것이다.

"끔찍한 일이었어요"라고 여인은 말했다.

"철훈이는 그 일이 있고 병이 들어 버린 거예요. 비가 내리기만 하면 형이 자기를 부른다고 잠자리에서 뛰어 나가곤 했으니까요. 무서웠어요. 끔찍한 일이었어요."

"끌려가면서 형이 철훈을 불렀었군요?"

"줄곧 불렀어요. 할 말이 있다고 하면서 형은 철훈이 쪽으로 가려고 했어요. 또 무엇인가 미안하다고도 했구요. 형이 부르면서 끌려가는데 철훈이는 쫓아가지도 못하고 울지도 못했어요. 그 애는 입술을 깨물고 귀를 틀어막고 있었던 거예요. 그 날 밤, 그 애는 신열이 올라서 몸이 장독처럼 펄펄 끓으면서 앓았지요. 입술을 너무 깨물어서 피가 맺혀 있었구요. 그 뒤로 철훈이가 우는 것을 난 본적이 없어요. 아버지가 돌아가셨을 때에도 철훈이는 딱 한 번 통곡한 일밖에 없어요."

"어머니— 좀 쉬셔야겠습니다."

나는 정말 아들이 어머니를 부르듯 그런 투로 부르면서
침대에 올라앉은 노파의 손을 쥐었다. 나는 죽은 철훈과 친
해지고 있는 것이었다.

육조 방(다다미를 뜯어 낸 마루방)이었지만 가구가 없는
탓인지 허전하도록 공간은 넓었다. 연탄난로는 불이 꺼진
채였다. 책상이 놓인 벽 위에는 그림들이 걸려 있다. 제리
코의 그림인가? 조난당한 사람이 기우는 뗏목 위에서 먼
바다를 향해 외치고 있다. 폭풍과 어둠 속에서 그들은 옷을
내흔들며 구원을 청하고 있는 중이었다.

책상과 책상, 전기스탠드, 캐비닛, 그리고 쪽이 떨어진
화병… 서쪽으로 넓은 창 하나가 뚫려 있는데, 해가 질 무
렵에나 겨우 햇볕이 들어올 것 같았다. 흡사 동굴과도 같은
방이었다.

"째지 않도록 해주. 상처를 입히지 않게 해 주시구려. 내
은공을 잊지 않을 테니 말여."

노파는 다시 검시로 아들의 시신이 상하게 될 일을 생각
하며 울기 시작했다. 나는 박 형사에게 잘 말해 보겠다고
자신도 없는 약속을 했다.

그리고 책장을 뒤져 그의 노트를 몇 권 입수하는 데 성공했다. 경찰에서 가져간 것 말고도 그는 묵은 일기장을 남기고 있었던 것이다.

　나는 알아듣든 말든 그들과 이렇게 작별 인사를 하고 나왔다.

　"살아 있는 사람이 죽은 사람에게 해 줄 수 있는 일은 화려한 꽃상여, 따뜻한 무덤을 만들어 주는 것만이 아닐 겁니다. 우리는 왜 그가 죽었는지를 밝혀 내야해요. 그것이 중요한 점입니다. 어떤 사람의 죽음은 법과 경찰을 있게 했어요. 그리고 또 어떤 사람의 죽음은 병원과 새로운 의학 연구를 하게 했어요. 거기에서만 끝나지는 않지요. 남들의 죽음을 통해서 많은 사람들은 생각하고 쓰고 새롭게 사는 방법을 알게 됩니다. 철훈 군의 죽음도 그냥 끝난 것만은 아닐 겁니다."

　사반나 호텔로 돌아오자 나는 그의 일기장을 조사하기 시작했다. 일기는 그가 죽기 2년 전부터 시작되고 있었다. 일자는 띄엄띄엄 건너뛰어 있었고 어느 것은 거의 한 달 동안이나 비어 있는 것도 있었다. 내용도 대개는 비망록이나 수기 형식으로 씌어진 것들이 많았다.

행복한 사람의 일기장은 비어 있다.

백지(白紙)의 일기장을 가진 사람은 거꾸로 충만한 생활을 갖고 있는 사람이다. 그들은 행동으로 하루의 언어를 메운다.

일기장의 두께와 활동의 두께는 언제나 역비례한다. 짐승은 일기같은 것을 쓰지 않는다. 신도 마찬가지일 것이라고 생각한다.

어느 편이든 언젠가는 공백의 일기장만을 넘기며 살 수 있는 그런 생활을 누리게 되었으면 좋겠다.

일기장 첫머리에는 경구처럼 이런 글이 씌어 있었고, 그 다음 장에는 그의 부친이 돌아가신 날의 일을 적고 있었다. 확실한 날짜를 적지 않은 것으로 보아, 그것은 일기를 쓰던 때보다 훨씬 먼저 일어났던 일인지도 모른다.

처음엔 대충 줄거리만 읽어 내려가려고 했지만 그의 부친에 대해서 적은 대목에 이르자 나는 한 자도 빼놓을 수가 없었다. 그의 누이에게서 들은 이야기가 연상되었기 때문이다.

사람들은 흔히 '금의환향(錦衣還鄉)'이란 말을 쓰고 있다. 그러나 고향에는 비단옷을 입은 사람이 돌아가는 곳은 아니다. 비단옷을 입은 사람은 고향을 필요로 하지 않는다. 고향에는 비단옷을 자랑하기 위해서 찾아가는 사람들의 이야기보다는 언제나 비탄에 젖은, 때묻고 남루한 옷을 파묻기 위해 가는 사람들의 이야기가 더 많은 법이다.

사람은 슬픔 속에서 고향으로 돌아간다. 몸만 고향으로 가는 것은 아니다. 도시에서 살면서 고향을 생각하는 사람들은 도시에 지쳐 있다는 뜻이다. 또 도시에 지쳐 있다는 것은 인생에 대하여 지쳐 있다는 뜻이기도 하다.

······

아버지의 시체를 묻기 위해서 나는 고향으로 내려간 것이다. 아버지가 갑자기 돌아가셨다는 전보를 받고도 나는 울지 않았다. 상복을 입고 아버지의 영구 앞에 서 있을 때에도 눈물이 흐르지 않았다. 곡을 해야 한다는 긴장감 때문에 그랬을까?

자식이 아버지의 영전 앞에서 울지 않는다는 것도 불효의 하나일 것이다. 상객들을 보아서도 울어야 한다고 몇 번이나 노력했는지 모른다. 왜 어머니처럼 나는 눈물이 쏟아지지 않는 것일까?

눈물을 짜내기 위해서 감상적인 일을 연상해 보았다. 교단만 남아 있는 방과 후의 텅 빈 초등학교의 마당, 비가 내리던 장독대, 그물에 걸린 참새들, 황폐한 고향의 냇둑, 책을 읽고

그림을 그리고 노래를 부르고 하던 그 냇둑, 포플러의 잔가지
들을 생각해 보기도 했다.

하늘과 맞닿은 높은 나뭇가지가 바람에 흔들리는 것을 보
면, 뜨거운 햇볕이 내리쬐는 멍멍한 대낮과 그 푸른 잎사귀들
의 광채를 생각하면 감상적이었던 어린 시절에 눈물이 괼 것
만 같았다.

그러나 나는 울 수 없었다. 그런 것들은 이미 내 마음을 슬
프게 해 주지는 않았다. 잡초가 우거진 기왓골과 무너져 가는
담, 황폐해진 정원, 그리고 녹슬어 가는 대문의 문고리… 훌
쩍거리며 쓰러져 가는 우리들 고가(古家)의 운명을 생각해
보았다. 세발자전거를 사다 주시던 아버지. 동전을 꺼내 던져
주시던 아버지. 바둑을 두시고 노끈을 꼬시고 마른기침을 하
시던 그 아버지… 아버지의 여러 얼굴들을 생각해 보았다. 그
러나 슬픔을 실감할 수는 없었다.

그때 문득, 아주 문득, 나는 영구를 모신 병풍 옆에 검은 관
같은 함이 놓여 있는 것을 보았다. 그때 울컥 눈물이 쏟아지
기 시작했다. 오래간만에 아주 오래간만에 나는 마음 놓고 울
수가 있었다. 초상집에서는 누구나 마음 놓고 울 수 있는 자
유와 특권이 허락된다.

눈물을 보장해 주는 장소이기 때문에 뜻밖에도 장례식에는

조금씩은 즐거운 해방감 같은 것이 떠도는 법이다.

"안 된다. 이놈들, 그게 누구 땅인 줄 아느냐."

마을을 돌아다니면서 고래고래 소리치던 아버지의 목소리를 나는 그 함 속에서 들은 것이다. 그 함은 아버지에게 있어서 판도라의 상자와도 같은 것이었다. 아버지는 죽기 직전에까지 그것을 잠시도 곁에서 떼지 않고 틀켜쥐고 있었던 것이다. 유언에도 그 함과 함께 묻어 달라고 하셨다고 한다.

그 함 속에는 땅문서와 지적도가 들어 있을 것이다. 아! 땅, 토지, 논과 밭과 그리고 붉은 산들— 그러나 지금은 시효를 잃고 한낱 휴지쪽이 되어 버린 그 땅문서를 끌어안고 아버지는 눈을 감은 것이다.

땅은 우리의 운명이었다. 형님을 내쫓게 한 땅, 아버지를 미치게 만든 그 땅. 해방이 되던 그 다음 날부터 우리는 땅의 피해자였다.

땅은 우리의 운명이었다. 땅을 떠나서는 세상을 어떻게 살아야 하는지를 모르는 지주의 아들이었다. 우리는, 그리고 나는 땅에 속해 있었다. 땅은 우리를 복수하고 있었던 것이다. 초등학교의 생활을 공포와 외로움과 어둠으로 지내게 한 것도 내가 '땅의 아들'이었기 때문이다. 자유로워진 소작인들의 아이들에게 끌려가 매를 맞고 있을 때 나는 아버지가 많은 땅을 가진 지주라는 것을 슬프게 생각했다.

"이젠 너는 양반도 아니고, 이건 너의 땅도 아닌 거야."

소작인의 자식들은 그래서 해방의 자유를 확인해 보기 위해서 나를 때렸다. 몰락해야 할 지주의 아들은 언제나 코피를 흘리며 집으로 돌아왔다. 땅은 친구와 나를 갈라놓고 아버지와 형 사이를 갈라놓았다. 그리고 마을과 우리 가족을 갈라놓았다. 6·25전쟁 때에는 이미 땅을 모두 잃고 난 뒤였는데도 아버지는 고역을 겪어야 했다.

차마 형의 이야기는 적을 수가 없다. 땅이 우리들 곁을 떠나 버린 후에도 우리는 땅에서 해방될 수가 없었다. 땅과 함께 사람들의 발길도 사라져 가고 있었다. 한 사람, 두 사람 낯익은 얼굴들이 일각 대문 밖으로 사라져 갔다.

아버지는 팔을 벌리고 땅의 반란을 막으려고 바둥대다가 쓰러진 것이다. 큰 사랑채의 분합문이 닫히고, 기생들이 와서 놀던 누각에 먼지가 쌓이기 시작하고, 기둥에 새긴 현판의 글씨들이 사그라져 가고, 가위질을 하지 않은 넓은 정원의 나무들이 황폐해 갈 때, 아버지가 틀켜쥐고 있는 그 함 속의 문서들은 쓸모 없는 휴지쪽으로 바뀌어 가고 있었다.

아, '희망' 마저도 나오지 않는 그 판도라의 상자, 남은 것이라곤 휴지밖에 없었던 함을 지키느라고 아버지는 많은 밤을 기침으로 새우신 것이다. 형님도 결국은 가만히 앉아 있어도 휴지가 될 그 함을 부수기 위해서 그 젊음을 모험했던 것이다. 지키려던 사람이나 부수려던 사람이나 구경하던 사람이나 모두들 그 텅 빈 함을 짊어진 채 돌아가야 한다. 우리에겐 저 시효 넘은 땅문서와 지적도의 함밖에는 남은 것이 없다. 이제 그것이 아버지의 유해와 함께 묻히려 하고 있다.

어머니는 나보고 부조 들어온 조목을 읽어 달라고 하셨다. 아까까지 슬프게 우시던 어머니는 부의금을 세고 계셨던 것이다.

"석돌이네가 백 원요—."

"저런 망할 것들. 제일 좋은 논을 부치게 했었는데도 배은 망덕을 하는구나."

"옥순네가 이백 원이군요."

"살림까지 내주었는데 그래 큰 금전판을 벌였다면서… 원 그럴 수가 있니…."

"창표네는 천 원요."

"천 원? 창표 애비는 그럴 줄 알았다. 은공을 아는 놈은 그 놈뿐이었지. 하기야 3대째나 우리 신세를 지고 살지 않았니."

나는 더 이상 부조의 내역을 읽을 수가 없었다. 어머니! 어머니, 그건 다 지난 이야기들이에요. 땅을 생각하지 마세요.

그것은 아버지의 유해와 함께 끝나버린 거예요. 어머니.

어머니는 아버지와 마찬가지로 먼지가 보얗게 앉은 낡은 땅문서의 함 속에서 벗어날 수가 없으셨던 것이다. 어떤 순수한 슬픔도 저 새큼한 지폐를 뛰어 넘게 할 수는 없었던가. 상복을 입고 부좃돈을 세시는 어머니의 얼굴을 보자 다시 한 번 뜨거운 눈물이 혓바닥에 와 닿았다.

어머니는 뿌리치질 못할 것이다. 몇 마지기 남은 헐벗은 유답과 그리고 마지막 땅의 추억에서 헤어나지 못할 것이다. 고향을 떠나지 못하는 그런 사람들 중의 하나이다.

첫 번째 수기는 여기에서 끝나고 있었다.

대학 노트장에 깨알만하게 써 간 글씨라 다른 것을 더 읽지 못했다. 피로한 눈을 쉬기 위해서 창가로 갔다. 벌써 저녁이었다. 5층 창가에서 굽어 본 서울은 연탄재를 엎어 놓은 것처럼 메말라 있었다. 돌이라도 던지면 뽀얀 먼지가 푸석일 것만 같다. 전선줄에 연이 엉켜 있는 것이 보인다.

아이들 날리던 연—. 종이는 찢기고 해골처럼 남은 댓가지가 바람이 불 때마다 꿈틀댔다. 이 창가에서 똑똑히 볼 수 있는 것은 바로 호텔 앞뜰에 면한 목욕탕뿐이었다. 목욕탕의 높은 굴뚝은 사화산(死火山)처럼 연기를 뿜지 않았다. 전쟁 때 기총 사격을 받은 탄흔이 아직 그대로 찍혀 있었다. 그 목욕탕은 주차장으로 쓰이기 위해서 곧 허물릴 것이었다. 유리창들은 모두 깨어져 있어서 그 위에 쓴 '탕(湯)' 자의 삼수변은 읽을 수가 없었다. 임시 창고로 쓰고 있는 모양이었다. 폐품들이 쌓여 있는 것이 창틈으로 보인다.

발가벗은 육체들이 뽀얀 안개 속에서 흐느적 거리면 그 욕실에 아마 거미줄과 먼지가 부서진 자전거 바퀴, 책상, 빈 깡통 그리고 맥주병들 같은 것들이 널려 있을 것이다. 그 폐허 속에서 한 청년이 걸어 나온다. 그는 함질애비처럼 녹슨 청동 자물쇠가 채워진 검은 목재의 함을 지고 이 우울한 도시의 끈적거리는 골목길로, 생선 썩는 냄새가 풍기는 그 골목길로 걸어 나오고 있다.

평생을 그는 끝난 역사의 함 속에서 벗어나질 못할 것이다. 어깨 위에서 내려놓을 수 없는 빈 상자의 유산, 나는 달팽이가 기어다니는 것 같은 철훈의 환상을 보고 있었다.

방 안에 불을 켠지 얼마 안 돼서 박 형사가 찾아왔다. 우리는 적의를 보이지 않고 악수를 할 수 있었다.

"김철훈의 일을 생각하고 계십니까?"

박 형사는 티 테이블 위에 대학 노트 한 권을 던지면서 말했다. 나에게 보여 주겠다던 철훈의 마지막 수기인 것 같았다.

"아, 벌써 다른 일기장을 읽고 계셨군요."

박 형사는 티 테이블 위에 놓여 있던 철훈의 일기장을 들추어 보았다. 나는 그가 승리자처럼 웃고 있는 것이라고 생각했다.

"이번엔 나의 수사에 대해서 말해야겠습니다."

나는 박 형사의 말투를 흉내 내어 억양을 쑥 빼고 말했다.

"자살할 만한 이유라도 발견하셨는가요? 그러나 한 가지 조심해 두어야 할 일이 있습니다. 수사관의 밥그릇으로 따지자면 제가 선생님의 선배이니까요. 자살의 동기는 사건만으로 따질 수 없다는 겁니다. 성격과 우연이 죽음의 신을 부르지요. 전차표 한 장 때문에 자살하는 사람이 있는가 하면, 수억대의 재산을 날리고도 죽지 않는 사람도 있습니다. 자기 아들이 죽었을 때에는 아무렇지도 않던 과부가 스피츠 개를 잃고는 수면제를 먹습니다. 물론 이런 심리를 선생님은 더 잘 아실 겁니다. 나는 다만 내가 경험한 사실들을 참고적으로 말하는 거니까요."

나는 박 형사와는 꽤 말이 통할 수 있을 거라는 자신을 얻으면서 대답했다.

"그의 고민이 나타났다 하더라도 그것이 곧 자살로 이끌었다는 증거가 될 수 없다는 충고이시군요. 그러나…."

보이가 양주병과 글라스를 들고 들어왔다.

"그러나 안심하십시오. 나의 수사는 아직도 사인보다는 왜 그가 '장군의 수염' 이라는 소설을 쓰고 싶어 했는가 하는 창작의 동기를 규명하고 있는 중이니까요."

"왜 남들이 다 기르는 수염을 그는 기르지 못하는 겁니까? 아주 간단한 일을 가지고 말입니다."

박 형사는 스트레이트조로 조니워커를 마셨다.

"어머니는 그에게 흉터가 있었기 때문이라고 합니다. 그의 누님은, 그 누이도 과부입니다. 마지막 남은 육친이지요. 그의 누님은 그가 좋아했던 형이 정치적인 문제로 끌려갈 때 그 쇼크가 너무 컸기 때문이라고 했어요. 그러나 그 자신의 수기를 보면, 아직 한 날짜분 만을 읽었습니다마는 아버지의 함, 땅문서를 넣어 둔 그 함 때문이라는 것을 암시하고 있습니다."

"소설가는 늘 어려운 말만 하시는군요. 소설가의 말을 듣고 있으면 세상이 꼭 안개가 끼어 있는 것처럼 보입니다. 간단한 말을 수수께끼 하듯이 말한단 말예요. 그래서 나는 문학을 집어치웠지만요."

박 형사의 말이 내 기분을 상하게 한 것은 사실이었지만 글라스를 잡은 내 손가락은 어제처럼 떨지는 않았다. 나는 변명을 했다.

"사실을 몽롱하게 바라보는 것이 아닙니다. 좀 비약적으로, 말하자면 성급하게 이야기한 것뿐이죠. 어쨌든 내 수사는 계속될 것입니다."

이번엔 박 형사가 자신의 말을 변명했다.

"서로 사건을 보는 입장이 다르다는 것만을 강조한 것입니다. 어느 쪽이 더 뚜렷하게 현실을 보느냐 하는 능력의 차이를 말한 것은 아닙니다. 그런데 나는 또 그 싫어하시는 심문을 좀 해야겠습니다. 무엇 때문에 선생님은 지금 '남이 지불한 시간' 속에서 이름도 기억 못한다는 그 사람의 사인에 관심을 팔고 있는 겁니까? 유도 심문보다 더 시간을 낭비하는 일일 텐데 말입니다."

나는 선뜻 대답하지 않고 별 의미도 없이 글라스를 맞대고 건배를 했다.

"입장이 서로 다르다는 것은 이미 박 형사께서 말씀하신 줄로 기억하는데… 경찰에서는 왜 사인을 밝히려 듭니까? 그를 죽인 범인이 있다면 찾아내야 되겠지요. 사자(死者)의 원수를 갚기 위해서인가요? 그런 것만은 아닐 겁니다.

법의 질서를 지키기 위해서라고 하시겠지요. 이렇게 숨쉬며 법에 매달려 사는 사람들을 위해서 말입니다. 그러니까 그가 자살했다면 경찰의 수사는 거기에서 끝납니다. 하지만 우리는, 우리란 말이 또 안개 낀 날 같다고 비난하겠지만, 우리는 그때부터 수사를 해야 할 의무를 갖고 있습니다. 그 범인은 색안경을 썼거나, 콜트 권총을 가졌거나, 얼굴에 험상궂은 흉터를 가진 그런 구체적인 인물이 아니라는 데에 더욱 묘미가 있습니다. 우리는 눈에 보이지 않는 그 범인을 잡아 재판을 해야 되는 겁니다. 생명에 매달려 숨쉬고 있는 생의 질서를 지키기 위해서이죠. 그것이 '기쁠 희' 자의 장식이 붙은 '함'이었든지, 이마의 인두 자국이었든지, 비가 내리는 한밤중에 끌려가는 사람의 부름 소리였든지… 나는 김철훈을 죽게 한 그 범인을 찾아내고야 말겠습니다. 그는 분명히 삶의 권리를 스스로 포기하도록 강요당한 것입니다."

식사 전의 공복이라서 그런지 취기가 돌았다. 너는 제법 모랄리스트인 것처럼 말하고 있구나— 나는 속으로 자조(自嘲)하고 있었다.

먼 데서 패트롤카의 사이렌 소리가 길게 울리면서 사라져 갔다. 무슨 사건이 또 일어난 모양이다.

3

문제를 냉정하게 따져 보기로 했다. 그래서 박 형사가 놓고 간 마지막 분 철훈의 일기를 곧 읽지 않았다. 다음 날 폴 앵카의 「크레이지 러브」와 엘비스 프레슬리의 「키스 미 퀵」 같은 히트한 노래만 틀어대는 다방에 앉아 있다가 호텔 방으로 돌아오자 곧 그의 수기를 펼쳤다.

그가 죽기 직전에 쓴 일기는 편지투로 씌어졌다가 다음엔 그냥 독백체로 써간 것이었다. 그것은 '혜(惠)!'라는 여인의 이름으로부터 시작되어 있었다.

2월 24일 흐림 그리고 첫눈

혜!

며칠 전 나는 어머니로부터 편지를 받았다. 혜가 있었으면 그때처럼 나는 소리내어 그 편지를 읽었을 것이다.

어머니의 편지를 읽을 때마다 혜는 웃었지만, 나는 어머니의 편지를 읽기 좋아한다. 구식 철자법밖에는 쓸줄 모르는 어머니의 글이 나는 좋다. 우리와 똑같은 그런 어법으로, 그런 신식 맞춤법으로 편지를 쓰시는 어머니를 난 상상할 수가 없다. 아직도 춘향전의 시대처럼 아래아(ㅇ)자를 쓰시는 어머니의 편지글, 그것을 현실의 글로 읽을 수 있다는 것은 얼마 안 되는 내 적은 행복 가운데의 하나다.

혜!

그런데 나는 지금 그 어머니의 편지에 대해서 근심하고 있는 것이다. '철훈아 보아라'로 시작하는 그 편지투나 '하야'의 그 철자법도 그전 것과 조금도 달라진 것은 없다. 내가 걱정하고 있는 것은 편지의 내용인 것이다.

어머니는 더 이상 시골에서 사실 수가 없으시다고 하셨다. 머슴이나 일꾼을 사서 농사를 짓던 시절이 지나갔다는 것을 어머니께서도 아시게 된 것이다. 나는 오랫동안 어머니가 땅에서 그리고 고향에서 벗어날 수 없을 것이라는 점을 믿고 있다.

혜!

언젠가도 말했지만 그러기 때문에 나는 언제고 생활에 지쳐 버리면 고향으로 돌아와 어머니와 농사를 짓겠다고 말할 수가 있었다. 물론 내 말이 거짓이 아니라는 것을, 단순한 둔사(遁辭)라는 것을 혜도 알았을 것이다. 그러나 그런 것을 상상할 수 있다는 것만으로도 그것은 내 최후의 희망이 될 수 있었다.

혜!

그런데 어머니는 내일 올라오시겠다고 하신다. 김소임이 우리 집과 마지막 남은 그 땅들을 사겠다고 나선 모양이다.

나는 그의 딸을 잘 알고 있다. 김소임도 역시 옛날 우리 집 소작인이었다. 그의 딸은 지금 미군 GI와 동거생활을 하고 있다. 말하자면 장동 김 정승댁은 이제 어느 GI의 처갓집이 되는 것이다.

그러나 혜! 이것이 나를 언짢게 한 것은 아니다. 어차피 그 고가는 주체할 수 없는 추억으로 보든지 홀어머니의 생활로 보든지 너무 거추장스럽고 큰 것이다. 벌써 사랑채는 시골 교회당으로 바뀌었고 행랑채는 X당 지부의 사무실로 쓰이고 있다.

누군가 벌써 새 주인이 들어왔어야 할 집이었다.

혜!

내가 두려워 하고 있는 것은, 이제 나에게 '시골로 돌아가 어머니와 농사나 짓고 살면 될 것이 아니냐'는 마지막 자위가 사라져 버리게 된 점이다. 어머니와 함께 산다는 것은 다 같은 일일는지 모른다.

어머니가 내게로 오나, 내가 어머니에게로 가나 계산상으로는 똑같은 등식이다. 그러나 어머니가 내게로 온다는 것과 내가 어머니에게로 간다는 것은 우리들 생에 있어서는 근본적으로 다른 의미를 지닐 것이라고 생각된다.

그 다음은 노트의 반 장가량, 글을 전부 지워 놓아서 읽을 수가 없다. 다시 그 일기는 다음 장 노트에서 이어지고 있었다.

혜!

나는 또 어리석은 짓을 저질렀다. 집을 처분하는 일로 상의하기 위해 어머니는 내일 기차 편으로 올라오시도록 되어 있다. 그래서 나는 오늘 서울역 안내계로 전화를 걸었던 것이다.

수화기를 들고, 나는 땅을 팔기 위해 시골에서 어머니가 올라오신다는 것과 어머니가 혼자 나 있는 집을 찾아 오시기엔 힘들 것이라 마중을 나가야겠다는 이야기를 했다.

그때 안내원은 대체 당신은 무슨 말을 하고 있는 거냐고 성난 목소리로 내 말을 가로채 버렸다. 용건만 간단히 말하라고… 댁의 어머니가 올라오든 할머니가 올라오든, 땅을 팔든 산을 팔든 우린 알 바 아니라고… 안내원은 화를 냈던 것이다.

혜! 나를 비웃지 말기를 바란다. 나는 늘 그런 사람이었다. 안내원의 말은 옳았다. 그들은 바쁜 것이다. 어머니가 3대째 내려온 집을 팔고 도시로 올라오는 것이, 나 이외의 사람들에겐 조금도 사건이 될 수는 없는 일이다.

혜! 그러나 실수는 그것만이 아니었다. 나는 급히 화제를 돌려 내일 경부선 열차가 몇 시에 서울역에 닿느냐고 물었다. 그 시간에 나는 마중을 나가야만 했다.

그때 나는 안내원이 한숨을 쉬면서 시골 사람들은 늘 이렇게 속을 썩인다고 혼잣말로 중얼거리는 소리를 들었다. 하루에도 경부선 객차가 서울에 도착하는 것은 수십 개가 넘는데 도대체 어느 열차 말이냐고 반문하는 것이었다. 그것을 일일이 다 읽어 주라느냐고 쏘아붙이면서 전화를 끊는 것이었다.

혜! 안내원의 말은 정확하다. 차편을 정확히 알려 주지 않았던 것은 어머니의 실수이든 나의 실수이든, 우리 모자(母子)의 실수인 것만은 분명하다.

나는 내일 아침 일찍 서울역으로 나가야겠다. 사람이 우글거리는 플랫폼 출찰구의 입구에 끼어서 하루 종일 기다려야겠다. 많은 어머니들이 시골에서 서울로 올라올 것이다. 수백 수천의 어머니들의 얼굴을, 밀려 나오는 그 행렬 속의 얼굴을 더듬어야겠다. 나는 그들의 틈에서 어머니의 얼굴을 찾아 내야 하는 것이다.

하루 종일, 내일은 하루 종일 서서 기다릴 것이다. 조급하게 뛰어가는 사람들의 발자국 소리와 낯선 사람들의 눈초리를 더듬으며 나는 내일 하루 종일 기다려야 할 것이다.

그런데 그는 기다리지도 못하고 죽은 것이다. 어머니가 왔을 때에는 이미 죽어 있었던 것이다. 죽음이 바로 그에게는 긴 기다림이었을까? 조급하게 뛰어가는 발자국 소리와 낯선 사람들의 눈초리 속에서 숱한 어머니의 얼굴들을 바라보는 기다림이었을까!

나는 어쩌면 그 일기로 보아 그것이 자살이 아니었을지도 모른다고 생각했다. 혹시 그가 '혜'라고 쓴 그 여인은 철훈의 심정을 잘 알고 있는지 모른다. '혜'란? 박 형사가 6개월 동안 그와 동서생활을 했다던, 알리바이와 배후가 일단은 깨끗하다던 그 여인일까. 나는 '혜'라는 여인을 만나보고 싶었다. 그러려면 박 형사의 도움이 있어야 할 것이다. 박 형사에게 전화를 걸기로 했다. 일기의 맨 처음과 맨 끝을 우선 다 읽은 셈이니까 이젠 남을 만나 더 구체적인 일을 알고 다시 수기를 읽어보는 것이 좋을 거라는 생각이 들었다.

4

출판사에서 원고가 어느 정도 진행되었느냐고 독촉 전화가 걸려왔다. 크리스마스 시즌을 대자면 이제 원고가 탈고

된다 하더라도 늦었다는 것이다. 나는 원고에는 전연 손을 대지 않고 있었다. 글이 써지지 않았다. 오늘도 글을 쓸 수가 없을 것 같다. 호텔에서 주는 콘티넨털 블랙퍼스트를 먹자 박 형사가 가르쳐 준 빌딩으로 곧장 나신혜(羅信惠) 양을 찾아 갔다.

M빌딩은 종로의 번화가에 자리 잡고 있었지만 오랫동안 수리하지 않은 구식 콘크리트의 어두운 건물이었다. 대낮인데도 불이 켜져 있다. 한쪽 눈이 먼 늙은 수위가 손을 내흔들면서 청소부와 무엇인가 말다툼을 하고 있었다. 엘리베이터는 있었지만, 30년대 형의 고물이었다. 그나마 '정전운휴(停電運休)'라는 푯말을 붙여 놓았다. 불이 켜져 있는데도 정전이라고 한 것을 보면 엘리베이터 걸이 해고되었거나 기계가 고장이 난 모양이다. 페인트칠이 벗겨진 엘리베이터의 철창문 너머로 심연 같은 컴컴한 어둠의 공동이 뚫려 있었다.

그녀가 근무하고 있는 대지기업사는 5층― 머리를 부딪칠 것 같은 나직한 계단 통로를 올라가기로 했다. 층계를 한 층씩 올라갈 때마다 어두운 공동을 벌리고 있는 엘리베이터의 철창문과 '정전운휴'의 푯말이 눈에 띈다.

사무실에는 여자 하나만이 빈 책상들 사이에 앉아 있었

다. 종로 근처의 빌딩에는 사무실만 있는 이런 무역업자들이 많다는 것을 나는 소문으로 알고 있었다. 대지기업도 그런 사무실의 하나일 것이다.

줄칼로 손톱을 다듬고 있던 여인은 묻지도 않는데 "사장님은 외출중이십니다. 오늘은 들어오시지 않을거예요"라고 미리 써 놓은 대사를 읽듯이 말했다.

그러나 커다란 눈, 까만 불꽃이 타오르고 있는 것 같은 그 검은 눈은 결코 매사에 무관심할 수 없는 열정을 감추고 있었다. 화장은 별로 짙지 않았다. 그래서 더욱 그 눈이 두드러지게 나타나 보였는지 모른다.

"내가 만나고 싶은 것은 사장이 아니라 나신혜 양입니다. 지금 어디에 계신지… 만날 수 없을까요?"

나는 직감적으로 그 여인이 신혜인 줄 알면서도 그렇게 돌려서 물었다.

"서에서 오셨나요? 지금 동행해야 됩니까?"

당황하는 빛은 없었다. 음색은 맑고 앳된 편이었다. 그녀는 핸드백과 책상을 챙겼다. 그러나 나는 굳이 '서'에서 왔느냐는 말을 부정하지 않았다.

"가까운 다방이 좋겠습니다. 사무실을 비우셔도 좋다면 말입니다."

나는 또 많은 계단을 내려와야 했다. 여전히 엘리베이터에는 '정전운휴'라는 푯말이 걸려 있었다. 그녀는 앞서 내려가고 있다. 여학생 차림의 포니테일의 헤어스타일, 질끈 동여맨 빨간 리본이 검은 머리칼에 짙은 악센트를 던져준다. 모두가 나이에 어울리지 않은 여학생 차림이었다.

"신혜 양은 김철훈 씨와 함께, 그러니까…."

다방에 들어서자마자 나는 정말 형사처럼 심문조로 말했다.

"주저하실 것 없어요. 6개월 동안 나는 동서생활을 했답니다. 서에서 말한 그대로예요."

나는 기습을 당하고 섬찟 놀랐다. 활달하고 꾸밈이 없고 대담할 정도로 솔직한 말투였다. 무엇이든지 물어보라는 태도였다. 대부분의 여성들은 남자의 눈을 피해 가면서 말한다. 손목의 시계를 본다든지, 상대방의 어깨 너머로 시선을 멀리 던진다든지, 대개는 그런 시선 속에서 말한다. 그러나 그녀는 검은 불꽃이 타오르는 것 같은, 그 타원형 눈으로 내 얼굴을 꼿꼿이 응시하면서 말하는 것이었다.

부끄러움을 모르는 사람은 순수성도 또한 모른다. 그러나 신혜의 경우에는 어떤 악마도 그를 타락시킬 수 없는 딱딱한 순결성을 풍기고 있는 것 같았다. 정조를 잃어도 여전히 동정녀(童貞女)일 수 있는 신비한 여자가 세상에는 가끔 있다고 나는 생각했다.

나는 멋대로 신혜의 성격을 규정해 놓고 안심했다. 이런 여자라면 이쪽에서도 솔직히 까놓을 필요가 있다.

"나는 서에서 나온 형사가 아닙니다. 그러나 그들보다 훨씬 더 신혜 양의 증언, 그래요, 그 증언을 필요로 하는 사람입니다. 나는 소설을 쓰고 있습니다."

신혜는 약간 미소를 짓는 것 같았다.

"소재를 찾으시나요? 소설도 상상만으로는 어려운가 보죠."

"소설도라니요?"

나는 재빨리 그녀의 말꼬리를 잡아 반문했다.

"상상만을 가지고 여자를 사랑하려고 했던 사람이 있었으니까 말예요."

"김철훈의 이야기를 하시는 거군요."

"그이는 나를 환상 속에서만 사랑하려고 했어요. 할퀴면 생채기가 나고, 잠이 들면 코를 고는 현실의 나에게선 도망치려고 애썼습니다. 그이는 다만 그 자신의 꿈들만을 껴안고 산 겁니다. 그이 앞에 나서면 꼭 나는 휘발유처럼 온몸이 증발되어 가는 느낌이었어요. 소설도 상상만으로는 씌어지지 않는 모양인데, 상상만으로 남녀가 깊이 사랑을 지

속시킬 수 있다고 생각하세요?"

"나는 이야기를 순서대로 차근히 듣고 싶습니다. 음악이
좀 시끄럽지 않을까요?"

종업원이 다가왔다.

"저는 홍차로 하겠어요."

"저 전축 소리를…."

"그냥 두세요. 시끄러운 편이 좋을 것 같아요."

신혜는 시계를 들여다봤다. 그리고는, 모든 것을 속 시원
하게 다 털어 버리고 싶다고 했다. 경찰에서 묻는 말들은,
수레바퀴는 그대로 두고 바퀴 자국만을 이야기하라는 식이
었기 때문에, 아무 때고 어차피 그와의 관계를 누구에겐가
말하고 싶었다고 했다. 선생님처럼 낯선 사람이 좋을 거라
고도 말했다.

"나에게 불행하고 기이한… 그래요, 몹시 환상적인 아버
지가 있었다는 것과 또 내가 멜로드라마틱하게 처녀성을
상실한 과거가 있다는 사실이 아마 그이의 마음을 끌었던
것 같아요. 나는 그것을 자신 있게 단정 지을 수 있다고 생
각해요."

신혜는 고해성사를 하듯이 이야기를 시작해 갔다.

그녀는 거의 절망적인 생활을 하고 있었다. 철훈을 만날

무렵에는 비밀 댄스홀에서 손님의 팁만을 바라고 댄서 생활을 하던 때였다. 봄의 감촉을 느끼게 하는 2월의 어느 날이었다. 신혜는 자칭 회사 중역이라는 사람과 어울려 춤을 추고 있었다. 그때 갑자기 장지문이 부서지는 소리를 내며 10여 명의 청년들이 들이닥쳤다. 사복 경찰관들의 급습을 당한 것이었다.

신혜는 도망가지 않았다. 미처 끄지 못한 전축에서「라 쿰파르시타」의 탱고 소리가 울려 오는 가운데서 쫓고 도망치고 화병이 깨지고 끌려가고 하는 그 광경을 보고 신혜는 웃고 있었다. 신혜도 끌려가고 있었다. 그러나 그녀는 무관하게 흘러나오는 저 음악과 같이 있는 것이라고, 음악이 있는 저쪽 세상에서 머무르고 있는 것이라고 생각했다. 자기와 같이 춤을 추고 있던 뚱뚱한 중역은 겁에 질린 얼굴을 하고 손수건으로 얼굴을 가리고 있었다. 미리 대기하고 있던 신문사 카메라맨들이 플래시를 터뜨리고 있었던 것이다.

밖으로 나오자 신혜는 갑자기 아버지의 일이 걱정되었다. 반신불수가 된 그의 아버지는 딸이 돌아오기만 기다리고 있을 것이다. 뒹굴지도 못하는 벌레처럼 누워서 살고 있는 것이다. 며칠이고, 며칠이고 자기가 돌아오지 않으면 그냥 굶은 채로 천장만 바라보며 주기도문을 외고 있을 것이다.

신혜가 수복된 서울로 올라왔을 때에도 그랬었다. 그의 아버지는 목사관의 마룻바닥에 던져져 있었다. 전신에 타박상을 입은 신혜의 아버지 나 목사는 송장처럼 누워서 천장만을 지켜보고 있었다. 북쪽에서 온 정치 보위부원에게 고문을 당했던 것이다.

신혜는 아버지 일을 생각하자 비로소 가슴이 떨리기 시작했다. 백을 열고 루주를 꺼내 급히 쪽지를 적었다. 자기 집 약도와 주소를 적었다. 그리고 '저의 아버지를 부탁해요. 돌아가서 사례하겠어요' 라고 갈겨썼다.

신혜는 기러기에 내맡기는 편지 쪽지 같다고 생각했다. 자기 얼굴을 찍고 있는 한 사진기자에게 신혜는 그 쪽지를 던져 준 것이었다.

"부탁해요!"

트럭으로 끌려가면서 신혜는 말했다.

3일 동안 유치장살이를 하고 신혜가 돌아왔을 때 그녀는 등잔불을 켜 놓고 아버지와 그 기자가 다정스럽게 이야기를 나누고 있는 것을 보았다.

"그이는 아버지와 아주 친해 있었어요. 많은 이야기를 주고받았던 것 같아요. 자식만이 할 수 있는 대소변 시중까지 들고 있었으니까요."

나는 싸늘하게 식은 커피 찌꺼기를 마시면서 신혜의 이
야기를 듣고 있었다.

"아버지는 철훈에게 설교를 하고 있었을까요?"

"아녜요. 아버지는 옛날부터 교회를 나서기만 하면 누구
에게도 설교를 하려고 들지 않았어요. 아버지는 그런 짓을
하지 않으십니다."

　신혜는 스웨터 속에 있는 목걸이를 보여 주었다. 그것은
구리로 만든 십자가였다.

"아버지는 돌아가실 때에야 비로소 유품처럼 이 십자가
를 저에게 주셨어요. 목사인데도 아버지는 제가 주일학교
에 다니는 것을 좋아하지 않았어요. 제가 좀 더 컸을 때, 아
버지는 저보고 교회를 그만 두라고 하셨어요. 신을 알게 되
면 도리어 신으로부터 멀어지는 법이라고요. 신이 무엇인
가를 느끼게 되면 사람은 더욱 불행해지고 갈등과 그 고뇌
를 이기지 못하면 신을 모욕하게 된다는 거예요. 신을 욕되
게 하지 않으려면 신을 모르고 지내는 편이 낫다고 했어요.
신을 모독한다는 것은 신을 모르는 일보다 더 두려운 것이
라고 말씀하시기도 했어요."

　검은 불꽃이 타는 신혜의 눈에서 손 위에 얹힌 구리 십자
가가 번뜩였다.

"아버지는 목사가 된 것을 후회하고 계셨군요."

"아녜요. 아버지는 숨을 거둘 때까지 화평하게 자신의 말씀대로 항상 신의 곁에서 평온한 숨을 쉬고 있었어요. 다만 아버지는 굉장한 투쟁을 했던 거예요. '신혜야, 아버지처럼 그 싸움을 이기고 신의 곁에 나설 수 있는 사람은 아마 만 명에 하나쯤 될까말까 한 일이다. 죄도 없는 사람이 아내와 자식들을 차례로 잃고서도 신을 믿을 수 있는 것은 쉬운 일이 아니다. 그래서 대부분의 신도들은 그 고통을 피하기 위해 거짓의 탈을 쓰고 신을 욕되게 하는 것이다'라고 말했어요. 아버지는 아내와 두 아들을 잃은 겁니다. 그리고 유난히도 운이 나쁘신 분이었어요. 철훈 씨는 그러한 아버지가 좋았던 거예요. 홀로 떨어져 있고 반신불수가 되고 남들에게서 영영 망각된, 그래서 유령처럼 밀실에 누워서 사는 아버지가 좋았던 거예요."

처음 신혜는 철훈의 친절에 반발을 느꼈다고 했다.

"무엇 때문에 당신은, 알지도 못하는 댄서의, 경찰에 끌려가는 탕녀의 믿을 수 없는 부탁을 들어준 거죠. 사례하겠다는 단서 때문이었나요? 남에게 동정을 베푸시는 잔인한 취미라도 있으신가요?"

그때 신혜는 고맙다는 말 대신 싸움을 걸었다고 했다.

"아냐, 그렇지는 않아. 나는 끌려가는 사람, 개처럼 끌려가는 사람이 절망적으로 부르짖는 소리를 기억하고 있어. 누구라도 좋았지, 당신이 살인자였대두, 피처럼 붉은 루주로 급히 갈겨쓴 글자는 비가 뿌리는 캄캄한 어둠 속에서 부르짖던 그 목소리같이 들렸어. 그리고 나는 지금 당신에게 감사하고 있지. 나는 한 번도 나 목사님에게처럼 서로 마음을 터놓고 이야기한 적이 없었으니까. 목사님은 내 도움을 필요로 하고 있었어. 짧은 시간이었지만, 단 3일의 일이었지만, 나는 말을 하지 않아도 목사님이 물을 원한다거나, 뒤를 보고 싶다거나, 심심해서 이야기를 듣고 싶다거나… 그런 모든 것을 나는 알 수 있었어. 신혜! 우리는 많은 이야기를 한 거야. 조난당한 어부들이 외로운 섬에서 만났을 때처럼 많은 이야기를 했었던 거야. 전깃불이 아니구, 그 남폿불 밑에서 석유를 빨아들이는 그 찡하는 소리를 들으면서 말야. 밤이 깊을 때까지 우리는 서로 이야기하고 있었어. 신혜, 처음엔 그 주소만 가지고는 이 집을 찾기가 무척 힘들었지. 카프카의 「성(城)」처럼 높은 산언덕의 끝에 신혜의 집이 있었을 때, 나는 그곳으로 가는 길이 어디 있는지 찾지 못했던 거야. 그러나 신혜, 3일 동안 이 언덕길을 오르내릴 때, 나는 그 길이 어디로 뻗쳐 있는지를 똑똑히 알 수 있었어."

신혜는 억지로 웃는 표정을 지어 보였다.

"그는 무엇인가 과장하고 있었어요."

신혜는 이렇게 말하면서 하찮은 일로 돌리려고 했지만, 눈에서 검은 불꽃이 활활 타오르고 있는 것을 나는 보았다.

이야기를 더 계속 시키느라고 나는 박 형사처럼 유도 심문의 수법을 썼다.

"신혜 씨는 그의 감정을 이해하셨던가요?"

"그 이마의 상처가 안됐다고 생각했죠. 저에게도 그런 상처가 있었으니까요. 자신을 갖고 여자에게 사랑을 하자고 덤벼드는 그런 뻔뻔한 사람이 아니라는 것을 느꼈어요. 그이의 말대로 이마의 흉터는 남을 해칠 줄 모르는 '고독의 휘장' 같은 것이라 생각했어요. 숙명적으로 현실적일 수는 없는 관계였죠."

"그 뒤로도 자주 찾아왔나요?"

"매일같이요. 직장은 어차피 옮겨야 될 것이라고 하면서 매일같이 찾아왔어요. 좋아하는 쪽이 아버지였는지 나였는지 분간할 수 없도록 우리를 좋아했습니다. 아버지도 그를 기다렸구요. 세 사람 가운데 나만이 비교적 냉담한 편이었습니다."

철훈이는 매일같이 신혜의 집을 찾아왔다. 신혜에게는 직장을 마련해 줄 테니 당분간 쉬고 있으라고 했다. 그는 냉담한 신혜에게 약속대로 '사례'를 하라고 조르기도 했다. 신혜는 어떤 종류의 '사례'를 원하느냐고 하니까 아무에게도 말하지 않는 비밀, 눈에 보이지 않는 내 이마의 상흔 같은 것을 보여달라는 것이었다. 서로가 신부(神父)가 되어 '고해놀이'를 하자는 것이었다.

무엇 때문에 그런 장난을 하느냐고 말하면서, 신혜는 비밀을 남에게 이야기하는 것은 속옷을 보이는 것처럼 추악한 일이라고 했다. 반드시 그런 이야기가 아니라도 좋다고 했고, 이 세상에서 누구에게도 말하지 않은 비밀을 말할 때 우리는 서로 친해질 수 있는 것이라고 했다. 철훈은 내가 먼저 내 이마의 화상에 대해 말하겠노라고 했다.

신혜는 잠시 이야기를 멈추고 멋쩍게 웃었다.

"참으로 우스꽝스런 장난이었답니다. 그런 장난은 같이 사는 동안에도 곧잘 일어나곤 했습니다. 듣는 쪽이 의자나 테이블이나 창틀 같은 조금 높은 곳에 앉고 비밀을 말하는 쪽은 그 밑에서 눈을 감고 이야기를 하는 것이었습니다. 그는 '자! 이제 고해놀이를 하자'고 애들처럼 짓궂게 졸라 댔던 것입니다."

신혜는 그날 언덕의 바위에 걸터앉아 있었고 철훈은 그 아래 잔솔가지에 기댄 채로 말했다. 후에 조사해 본 결과 2월 18일 날짜의 일기에 그가 신혜와 처음 고해놀이를 하던 장면이 그대로 독백체로 씌어져 있었다.

신혜— 나에겐 친구가 없었어. 우리는 양반집이었고 아버지는 지주였지. 마을 아이들은 상스러운 소작인들, 그리고 행랑과 종들의 자식뿐이었어. 내가 지주의 아들이고 정승의 손자라고 하는 것은 이마의 인두 자국보다 더 앞서 낳을 때부터 찍혀 있었던 거야.

난 그렇게 태어난 거지. 마을 아이들이 뱀을 두들겨 잡고 있는 것을 나는 멀찍이 떨어져서 나 혼자 바라보고만 있었어. 나는 그들과 같이 행동하고 싶었지만 그들처럼 잘 되지 않았던 거야. 아이들은 진흙 바닥에 들어가 거머리에게 뜯기면서, 미꾸라지를 잡았지. 나는 그것을 머슴 등에 업혀서 구경만 하고 있었던 거야.

어머니가 "왜 너는 아이들과 어울려 놀지 못하니?" 하시면 애들이 이마의 흉터를 흉보기 때문이라고 했었어. 물론 그 탓도 있었지. 그러나 나는 흙바닥에서 멋대로 뒹굴며 자라난 마을 아이들과는 처음부터 달리 태어났던 거야.

신혜, 정말 그들처럼 하려고 해도 나는 되지 않았단 말야. 애들과 어울려 참새 새끼를 꺼내는 일에 가담한 적이 있었는데, 초가지붕 속에서 일표란 놈은 귀신처럼 참새 새끼들을 잡아냈어. 그 애는 사다리 위에 올라가 한 마리씩 참새 새끼를 꺼내 가지고 밑에서 보고 있는 아이들에게 맡아 달라고 했어. 그때 나도 참새 새끼를 손으로 잡았던 거야.

아! 신혜, 어째서 나는 그게 안 되었을까? 남들이 다 아무렇지도 않게 쥐고 있는 그 참새 새끼를 왜 틀어쥐지 못했을까? 아직 털이 나지 않아 뭉클한 그 참새 새끼를 쥐자마자 나는 기절을 하듯이 팽개치고 만거야. 애들은 나를 겁보라고 비웃었지만 나는 정말 참을 수 없이 징그러웠던 거야.

어렸을 때만이 아니었다. 신혜!

형이 잡혀 가던 날 —형은 나에게 많은 것을 가르쳐 주었었지. 그림, 노래, 스케이트, 사진 찍는 것, 지금은 직업이 되고 말았지만 말야— 그 형이 잡혀가고부터 더욱 나는 남과 어울릴 수가 없었어. 그리고 무언가 내가 혼자라는 것을, 혼자라는 의미를 분명히 알 수 있게 되었어.

신혜! 그것은— 신혜, 그대로 들어줘— 그것은 중학교 때 소풍을 가던 날이야. 마곡사였을 거야. 반 아이들은 친한 애들끼리 각각 그룹이 되어 대웅전을 배경으로 사진들을 찍고 있었어. 추렴을 내서 교내 사진사에게 찍는 것이었지. 그런데 말야, 나는 아무 그룹에도 낄 수가 없었단 말야. 끼어주지도 않았고 낄 만한 애들도 나에게는 없었어. 나는 혼자, 나는 혼자… 사진사 곁에서 멍청히 서서, 흰 이빨을 내밀고 어깨동무를 하고 사진을 찍는 애들을 쳐다보고만 있었어. 아무도 나를 부르고 같이 찍자는 애들은 없었던 거야.

신혜! 나는 그때 처음으로 부끄러운 생각이 들더군. 그룹에 끼지 못하고 외톨로 도는 것이 말야. 나는 도망치듯이 절 뒤쪽 계곡에 숨어 물속에 발을 담그고 누워 있었어. 먼 데서 애들이 지껄이는 소리를 들으며 하늘을 보고 있었지. 하늘은 정말 높더군. 나는 지금 구름처럼 둥둥 떠다니고 있는 것이라고도 생각했지. 그리고 내가 제일 좋아하는 안데르센 동화 말야, 오리들 틈에서 깬 백조이야기 말야. 그런 동화를 생각하기도 했어. 그러다가 잠이 들었지… 신혜! 나는 그때 애들이 합창을 하듯 내 이름을 부르는 소리를 듣고 눈을 떴던 거야.

"철훈아!"

"철훈아~"

5,60명이 내 이름을 부르고 있었어. 벌써 저녁이었어. 하산을 하려고 인원 파악을 하고, 그래서 내가 없어진 것을 알자 우리 반 애들은 나를 찾기 위해서 산을 뒤진 거야. 전 학급 아

이들이 내 이름을 부르고 있는 것을 들었을 때 나는 기뻤어. 그러나 그 기쁨은 아주 짧은 것이었지. 나는 모여 있는 애들 앞에서 체육 교사에게 벌을 선 거야. 애들은 경멸의 눈초리로 그걸 구경하고 있었지.

신혜— 그때의 일이 나를 더욱 불행하게 만든거야. 나는 그들과 함께 있지 않았지만 그들에게 속해 있었어. 그 숫자의 하나였단 말야. 피하려고 해도, 떨어져 나가려고 해도 나는 전 숫자의 하나라는 사실을 지워버릴 수 없었단 말야.

신혜— 그 기분을 알겠어. 나 때문에 30분이나 우리반 애들은 늦게 돌아가야 했고 그 때문에 나는 더욱 그들과 떨어진 거야. 그 생각을 하면 미칠 것 같아. 그일은 더구나 형이 잡혀 간 두 달 후의 일이었고 내 몸은 허약해져 있었지. 평생 이 사건은 내 이마의 흉터처럼 따라다녔어. 사람들은 나에게 관심을 팔지 않구 나는 외톨이이고, 그러나 그들은 내가 혼자 있게 그냥 두어 두지도 않았단 말야.

신혜— 조금만 더 참아줘. 지루하겠지만 내 고해는 이제 곧 끝나는 거야. 하찮은 이야기지만 처음으로 신혜에게만 이야기하는 거야. 서로 비밀을 완전히 없앤다면 우리는 한 몸처럼 될 수가 있지 않을까— 아! 한 몸. 타인들끼리 한 몸이 될 수 있을까. 나는 그런 기적을 믿고 싶어. 군대에 들어갔었지. 거기에서 나는 분명하게 느꼈어. 나는 그들과 떨어져 있지만, 결국 그들에게 소속되어 있다는 것을 말야. 나 하나의 잘못으로 전 소대가, 또 타인의 잘못 때문에 나 자신까지가 말야, 기합을 받게 될 때마다 그것은 분명해진 거야. 거기에서도 나는 '고문관'이란 별명을 받았어. '고문관'… 따로 떨어져서 외톨박이로 노는 친구들을 군대에서는 그렇게 부르지. 나는 친구를 사귀고 그들을 이해하고 그들 틈에 끼려고 애썼지만 되지 않았어. 넓은 훈련장에서 같이 줄을 서고 발을 맞추고 서로 손을 부둥켜 쥐고 훈련을 할 때에도 나는 개울가에서 아이들이 미꾸라지를 잡을 때처럼 혼자였다.

그런데 말야, 신혜! 단 한 사람의 친구를 사귀었단 말야. 그는 왕족의 집안에 태어난 거야. 이진(李璡)이라고 말야. 그는 나보고 말했지. 사람은 약점을 가지고 서로 섞이게 되는 것이라고. 술이나 노름이나 오입이나 이런 약점을 통해서 사귄 친구가 도덕이나 교양으로 맺어지는 것보다 더 강한 법이라구. 사회는 어차피 타락한 것이구 깡패들처럼 살아가는 시대가 온 것이구, 그러니까 특히 이 군대 사회에서는 '욕'하는 버릇부터 배워야 그들과 친해질 수 있다고 그는 말했어. 정말 그는 왕족답지 않게 걸쭉한 욕을 잘했지. 우선 그들 틈에 끼려면 말씨부터 고쳐야 한다는 이진의 말이 옳았던 거야.

신혜— 나는 노력했어. 웃지 말아. 정말 그들이 잘 쓰는 'X 할 놈'이나 '개새끼' 소리를 의식적으로 쓰려고 애썼지. 그런데 그게 말야, 그들처럼 자연스럽지가 않았어. 내가 'X할'이라고 하니까 왠일인지 모두들 웃었지. 나는 그들처럼 능란하게 욕을 할 수가 없었던 거야. 신혜, 내 마지막 부분의 '고해'는 좀 까다롭고 운명적인 사건으로 끝나는 거야.

그것은 나보고 욕을 배우라던 그 친구 말야. 이진이란 친구 말야. 그가 나 때문에 죽게 된 거야.

휴전 무렵이라 싸움이 없었어. 우린 논둑에서 휴식하고 있었지. 그때 갑자기 적기가 저공 비행을 하면서 기총사격을 가해 왔어. 나는 논두렁의 수문, 혼자 들어가 앉을 만한 수문 속으로 숨었어. 그때 신혜, 이진이가 미처 피할 곳을 찾지 못하고 논두렁에서 갈팡질팡하고 있었어.

위험했었지. 나는 이진이가 좋았어. 나 자신처럼 생각하고 있었어. 나는 그때 뛰어 나가서 이진이를 끌어다 내가 숨었던 수문 구멍으로 들어가게 했지. 그리고 나는 위험했지만 그 옆의 뚝에 납작 엎드려 있었어.

기총사격이 끝나고 나는 그 수문으로 다시 갔던 거야. 이진! 이제 됐어. 나와! 살았다는 기쁨 때문에 나는 크게 외치면서 그곳으로 뛰어 갔어.

아! 신혜, 그런데 이진은 어떻게 되었는지 알아? 피를 흘리고 있었어. 내가 엎드려 있던 그 수문, 다른 데보다 가장 안전하리라 믿었던 그 수문 속에서 그는 죽어 가고 있었던 거야. 그는 내 이름을 부르며 죽어갔지. 흰자위의 눈으로 나를 찾고 있었어.

너 때문에 죽었다! 라고 말하는 것 같았어. 신혜… 그것이 나의 헌신적인 우정의 결과였단 말야. 그는 나 때문에 내게로 오는 총탄을 맞은 거지.

신혜! 이것이 내 고해야. 이제 신혜 차례야. 내가 바위 위에 앉겠어.

신혜는 고개를 들었다. 눈에는 검은 불꽃이 꺼지고 어둠이 깔리고 있었다. 버린 담배의 은종이로 그녀는 주름을 잡다가는 다시 펴고 폈다가는 다시 주름을 잡고 하면서, 꿈을 꾸듯이 말했다.

"선생님, 피로하지 않으세요? 제 멋대로 말만 지껄였군요. 선생님이 알고 싶은 것은 하나도 말하지 못했나 봐요. 사람들의 말은 늘 그렇더군요."

나는 신혜가 더 이상 말하기를 꺼려하는 것일 거라고 짐작했다. 그렇지만 그녀와 헤어졌을 때의 철훈이 궁금했다.

"나는 그가 왜 자살했는가를 알고 싶은 겁니다. 그 동기와 이유를 밝히고 싶습니다. 지금까지 들은 것으로는 그가 왜 고독했는가 하는 것밖에는 해명이 안 됩니다. 거기에 무엇이 하나 더 붙어서 작용해야 됩니다. 종은 혼자서 울지 못합니다."

"선생님도 박 형사와 한 패이시군요. 내가 그를 버렸기 때문에 자살했다고 하면 만족하시겠어요?"

다방 카운터가 갑자기 시끄러워졌다. 주정꾼과 종업원 사이에 실랑이가 붙은 모양이다.

"전화 값을 냈다니까. 그까짓 2원을 가지고."

"안 받았으니까 안 받았다는거 아녜요."

양편이 똑같은 말을 되풀이하면서 언성이 점점 높아갔다.

"나가시지 않겠어요? 다음에… 중요한 일들은 다음에 말씀 드렸으면 해요. 너무 갑자기라 머리가 혼란해졌어요."

신혜는 일어섰다. 가슴에 걸린 구리 십자가가 번쩍 빛났다.

5

며칠 동안 나는 김철훈의 생각으로 머리가 꽉 차 있었다. 왜 그는 갑자기 죽었을까? 자살이 아니라면 박 형사의 말대로 타살이었을까?

신혜의 말대로 상상만 가지고 신혜를 사랑한 것이라면, 그녀가 그의 곁을 떠났다 해도 자살까지는 하지 않았을 것이다. 다시 신혜를 만나 볼까? 왜 헤어졌는가를, 그리고 헤어질 때 김철훈의 태도가 어떠했었는지가 궁금하다. 하지만 그의 수기에서 그 재료를 추려보면 윤곽을 알 수 있을 것도 같았다. 내가 막 그의 노트를 뒤적이려고 하는데 박 형사에게서 전화가 걸려 왔다.

박 형사는 그의 카메라를 동대문 시장의 조그만 DPE 가게에서 찾아냈다는 것이다. 2, 3일 전에 어느 여자가 헐값에 팔고 갔다는 것이었다. 자기가 먼저 그 사인(死因)의 수수께끼를 풀 수 있을 것 같아 미안하다고 농담을 했다.

김철훈의 죽음을 통해서 우리는 그만큼 친해졌던 것이다. 나는 농조로 대답했다. 그를 죽게 한 고독의 범인이 곧 그 전모를 드러내게 될 것이지만 당신은 그것을 체포할 수도 기소할 수도 없을 것이라고….

나는 그의 일기장에서 2월분을 조사했다. 2월 18일 날짜에 '고해성사' 놀이에 대한 이야기가 적혀 있었다. 내용을 보면 고해성사 놀이는 그가 독창적으로 만든 것이 아니라 마르셀 카르네 감독의 영화 「위험한 고빗길」의 한 장면에

서 힌트를 받은 것이 분명했다. 더욱 흥미 있는 일은 신혜
도 그날 철훈에게 우스꽝스럽다던 그 고해 놀이를 한 것으
로 되어 있었다.

신혜가 '멜로드라마틱하게 처녀성을 상실한 것'이 그의
마음을 끌게 한 것이었으리라고 단정했던 그 말의 진상을
나는 고해놀이의 기록을 통해 알 수가 있었다. 수기는 자기
의 고해를 쓰고 난 뒤, 역시 신혜가 말하던 그 고백체를 그
대로 따서 적어 놓은 것이었다. 이따금 괄호를 치고 자기
의견을 덧붙여 놓기도 했다. 사실대로의 기록인지는 잘 모
르겠다.

2월 23일
……

신혜는 아까 내가 앉았던 그 잔솔나무에 기대어서 내 얼굴
을 쳐다보았다.

"나는 인간의 편이야. 인간의 쪽에 서서 고해를 듣는 신부
지. 그러나 나는 신혜의 비밀을 목숨처럼 지킬테니까."

나는 올려다보는 신혜의 신비한 눈에 현기증이 날 것만 같
았다. 신혜는 망설이다가 말했다.

"아버지가 모르는 단 하나의 사실이에요. 그리고 너무 멜로

드라마틱해서 쑥스럽구요. 그러나 말하겠어요. 사실 그대로
해석해 주셨으면 해요. 실상 따지고 보면 그건 아무 의미도
없는 사건이었거든요."

"신혜, 어서 말해."

나는 간지러운 기대 때문에 오한이라도 날 것 같았다.

신혜는 눈을 감았다.

서울에서부터 줄곧 걸었어요. 1·4후퇴 때— 멜로드라마의
근원은 1·4후퇴 때입니다. 추웠어요. 아버지는 나보고 서울
을 떠나라고 했어요. 박해가 올 것이고 그건 자기가 당해야
할 몫이니까 떠나야 한다고 했어요.

나는 대학에 갓 입학한 이웃집 남학생과 함께 부산으로 떠
났어요. 부산에는 제 친구 집… 같은 여학교에 다니던 친구
집이 있었고, 그 애의 아버지도 같은 교파의 목사였어요.

나는 수식어를 쓰지 않고 말하겠습니다. 아주 간단히요. 나
는 그 대학생을 사모하고 있었고, 그도 나를 맹목적으로 좋아
했어요. 피난 기분이 아니라, 즐거운 피크닉 같은 거였어요.
그러나 전쟁중이었죠. 몹시 날이 추웠구요. 춥고 외로웠지만
나는 줄곧 그가 내 몸으로 접근해 오는 것을 허락하지 않았
죠. 같이 동숙할 수 없기 때문에 불편한 일도 많았지만…

나는 그를 무척 좋아했고 한데도 나는 순결해야 된다고 오히려 어른처럼 그 대학생을 타이르곤 했어요. 그는 지금은 전쟁중이고, 총탄은 젊음을 피해가지 않는다고 했지요. 신부님, 농담처럼 들어주셔요(신혜는 정말 웃는 것일까? 절박감을 억지로 피하려고 하는 것일 게다. 내가 고해를 할 때 너무 청승맞은 어투로 이야기한 것이 쑥스럽게 느껴진다).

신부님, 전쟁은 언제나 가장 순결하고 가장 아름다운 젊은이들의 사랑을 시기하기 위해서 벌어지는 거라구요. 전쟁은 그런 젊음만을 선택한다나요. 은근한 협박이었어요. 그는 플레이보이의 요구와는 다른 거라구요. 죽기 전에, 전쟁의 신이 그를 부르기 전에 신혜의 몸을 소유하고 싶다고 노골적으로 말해 오기도 했어요. 그러나 신부님, 내 나이가 얼마였다고 생각하십니까? 너무 어린 나이였어요. 그냥 보고 웃고 이야기하는 것만으로 만족할 수 있는 나이였어요.

그러나 신부님, 웃지 마세요. 그의 예언은 맞았거든요. 그리고 그건 너무도 빨리 왔어요. 그는 도중에 붙들려 군용 트럭에 실려 갔고, 나는 외톨이가 된 거지요. 그는 높은 도수의 안경을 끼고 있었는데 전쟁은 안경 도수 같은 것을 따질 만큼 한가하지 않았죠. 낯선 피난민의 행렬에 끼여 조치원까지 내려왔을 때에는 동상으로 발이 부풀어 더 이상 한 발자국도 걷지를 못했거든요.

신부님! 나는 그때 어떻게 했겠어요. (불쌍한 신혜…) 부산으로 피난 가던 영등포의 여직공들의 한패와 어울리게 됐죠. 그들은 RTO의 군용 화물차에 타고 부산까지 가는 길이 있다는 거예요. 잠자코 우리들 뒤만 따라오라고 하지 않겠어요. 그들은 역을 지키고 있는 군인들과 사귄 것 같았어요. 밤이었습니다. 우리는 역구내로 들어가 화통도 달지 않은 화물차 안에 숨게 되었습니다. 정말 이 화차는 떠나는 것일까? 어디로 가는 것일까? 언제까지나 이 속에서 기다려야 하는가?

신부님! 철훈 씨!(갑자기 신혜는 떨기 시작한다. 나는 그가 거기에서 무서운 일을 겪었다는 것을 직감했다. 불쌍한 신혜! 전쟁은 피크닉이 아냐. 그런 것쯤은 용서될 수 있는 거야. 나는 신혜를 포옹해 주고 싶었다. 그러나 내가 움직이자 신혜는 손으로 거기 앉아 있으라고 떠다 미는 시늉을 한다.)

동상 자국이 간지러워서 잠을 잘 수가 없었어요. 덜컹거리면서 암흑의 열차들이 연달아 스쳐 지나가고 있었어요. 그때, 우리는 RTO의 미군에게 들킨 것입니다. 나는 한 흑인에게 잡혀 석탄을 쌓아 놓은 저탄장으로 끌려갔어요. 벌써 새벽이었습니다. 저탄장 한구석에 가마니로 적당히 벽을 쳐 놓은 보초막 같은 것이 있었습니다. 나는 소리를 지르고 발버둥질을 쳤지만 나의 젊음은 끝나가고 있었어요.

어렴풋한 새벽, 나는 구원을 청하기 위해서 주위를 훑어 보았어요. 아무도 없었어요. 다만 내가 쓰러져 있는 자리에서 얼마 안 떨어진 창고 옆에 군수품 같은 짐을 실은 채 묶여 있는 노새 한 마리가 이쪽을 우두커니 바라다 보고 있었습니다. 비쩍 마른 노새가요. 나는 그 노새를 보고 손짓을 했어요. 마치 사람에게 하듯 노새는 내 눈을 바라보고 있었습니다. 짐승의 눈, 아무것도 모르는 짐승의 그 눈이 새벽녘의 그 별처럼 회색 바탕 속에서 껌벅이고 있었어요.

나는 울지 않았습니다. 저탄장의 석탄가루로 검게 얼룩진 내 스커트를 털면서 나는 내 젊음이나 사랑이나 꿈도 함께 털어 버렸어요. 흑인은 흰 이빨을 드러내 놓고 웃고 있었어요. 나는 거의 실신 상태가 되어 정신을 잃었습니다.

눈을 떴을 때에는 화차가 움직이고 있었습니다. 철창너머로 눈에 덮인 보리밭들이 보였었지요. 여직공들도 돌아와 있었어요. 이젠 살았다고 하면서, 재수가 좋은 편이라고 기뻐하고들 있었어요. 알고 보니까 그들은 미리 그것을 알고 있었고 그것이 한 밀약 조건이었던 것을 내게 감춘 것뿐이었습니다.

얼어 죽는 것보다는 그게 나은 것이라고 위로를 해주는 친구도 있었지요. 내 처녀성을 차표. 맞아요, 차표 한 장과 바꾼

셈이었지요. 나는 화차 안에서 그 대학생에게 —그는 아마 죽었을 거예요— 그 대학생에게 사죄하고 있었습니다.

이것이 내가 가지고 있는 비밀의 전부지요.

나는 그때 이미 어른이 되어 있었고, 딱딱해져 있었고, 문이 닫히는 소리를 들었어요. 누구도 그 문을 다시는 열어 줄 수 없었어요. 열쇠는 화차 밖으로, 저탄장의 석탄 무더기 속으로 내던져졌으니까요. 내게서 사람의 눈은 사라졌습니다. 노새의 그 눈, 호소하고 안간힘을 쓰고 구원을 청하는데도 나를 멍하니 그냥 들여다보던 그 노새의 눈밖에는 볼 수가 없었어요. 노새의 입 언저리에서 풍기던 입김하구요.

감사해요, 철훈 씨, 내가 루즈로 편지를 쓰고 우연히도 구원을 청했던 날, 나는 오래간만에 사람의 눈과 마주쳤던가 봅니다(신혜! 나는 신혜를 와락 끌어안았다. 신혜는 떨고 있었다. 겁낼 것 없어. 우리는 이렇게 둘이 있잖아. 우리는 노새처럼 바라다볼 순 없는거야. 인간의 눈을 뜨고 말이지. 서로 인간의 눈을 뜨고 이렇게 서로 지켜보고 있지 않아. 나는 신혜와 나 사이에 어떤 공간도 남아 있지 않게 끌어안았다. 나이 삼십에 처음 여인을 포옹할 수 있었던 것이다).

나는 철훈이 어째서 신혜를 좋아했는지를 이해할 수 있

을 것 같았다. 검은 불꽃이 활활 타오르는 신혜의 눈에서 그는 자기와 타인을 가로 막고 있는 두꺼운 벽에 뚫려져 있는 비밀의 출입구를 —그렇다. 그것은 비상구 같은 것이었겠다— 그 통로를 찾아냈던 것이다.

철훈의 일기를 통독해 갈수록 어렴풋하던 것이 점점 풀리는 것 같았다. 신혜가 멜로드라마틱하게 상실했다는 처녀성은 그에게 있어 한 상처처럼 느껴진 것이고 그는 그 상처를 비집고 신혜의 마음으로 파고 들려고 했을 것이다. 철훈은 오랫동안 자기의 상처와 함께 타인의 상처를 요구하고 있었던 것 같다.

그는 다른 날짜의 수기에서 분명히 그런 사실을 적고 있다.

이진은 중요한 것을 알고 있었다. 사람들과 서로 섞이려면 같이 범죄를 저질러야 한다는 것을 그는 나에게 가르쳐 주었다. 술이나 도박이나 계집질이나… 사실 이런 것들은 사람과 사람을 결합시켜 주는 힘이 된다.

그러나 그는 몰랐다. 더 중요한 것이 있다는 사실을 그는 몰랐다. 악(惡)에 의하여 뭉쳐지는 결합은 이상적인 것에 지나지 않는다. 그 끈은 해가 지면 곧 사라지고 마는 그림자 같은 것이다.

정말 인간이 타자(他者)와 결합되기 위해서는 아픈 상처를 서로 만지는 데에 있다. 나는 나 목사처럼 예수교인은 될 수 없을 것이다. 그러나 나는 지금 이해하고 있다. 예수가 제자와 그리고 온 인류와 결합될 수 있었던 것은 그의 손에 못박힌 상처를 가지고 있었기 때문이다. 예수의 부활을 믿지 않는 도마에게 예수는 손을 내밀고 못 자국과 그리고 옆구리의 창검 자국을 만져 보라고 했다.

아! 상처, 그것은 무엇일까? 영혼의 깊숙한 어둠 속에서 입을 벌리고 있는 그 상처는 무엇일까? 그것을 알면 아주 낯선 사람도 자기의 친구가 될 수 있을 것이다. 우리는 예수처럼 훌륭하지 않다. 그러나 우리도 그와 똑같은 상흔을 가지고 산다. 우리는 예수처럼 부활의 기적을 보일 수는 없다. 그러나 우리는 예수와 똑같은 부활의 증거, 그 생생한 상흔을 가지고 있다. 나 목사는 상처의 의미를 나에게 가르쳐 주었고, 신혜는 그 상처를 내가 만질 수 있게 했다. 나는 지금 외롭지 않다.

철훈은 타인으로부터 소외되고 또 자신이 타인을 거부했다. 그는 '남'을 두려워했고 어울리기를 주저했다. 특히 이진을 도와 준 것이 도리어 죽게 만든 결과가 된 것을 알고부터 그는 타인을 사랑하는 것에 대한 공포를 갖고 있었을 것이다. 그런데 신혜를 만난 뒤부터는 어떻게 남과 섞여야 하는지 자신감을 얻고 있는 것 같았다.

물론 그녀에 앞서 나 목사를 만난 것이 큰 계기가 되었는지도 모른다. 나 목사는 그에게 어떤 심리의 변화를 일으키게 한 것일까? 번거로운 일이었지만 2월 13일부터 18일 사이의 일기를 조사해 보았다. 그것은 그가 신혜의 부탁으로 나 목사를 처음 만났을 때일 것이다. 그러나 그의 수기는 기대한 것과는 좀 달랐다. 직접적인 자기의 심리적 변화를 적은 것은 없었다. 나 목사에게 들은 이야기, 그리고 그와 주고 받은 대화들을 그냥 객관적으로 희곡을 쓰듯 써간 것뿐이었다.

머리가 몹시 무거웠지만, 나 목사가 그에게 한 이야기들을 샅샅이 읽어봐야겠다고 생각했다. 글씨가 너무 잘다. 그리고 잉크 자국이 번진 것들이 많다. 그것의 앞부분은 나 목사의 인상에 대한 것이고 뒷부분은 나 목사가 말한 이야기를 적은 것이었다.

나 목사는 어떻게 혼자 있으면서도 남들과 함께 있을 때처럼 저렇게 화평한 얼굴을 하고 있을 수 있을까? 그의 주위에는 어둠밖에 없었는데도, 마치 아기천사와 향기로운 풀밭에서 놀고 있는 것 같았다. 정말 육체의 고통이 정신까지를 침범할 수 없다는 말이 사실일 수도 있는가 보다.

그가 고독하리라는 것은 부정 못한다. 그는 수년 동안 송장처럼 누워있기만 했다. 처음엔 문병객과 그의 독실한 신도들이 찬송가를 불러 주기도 했을 것이다.

그러나 누가 죽음 속에서 서서히 사그라져 가는 그 육체를 오래 돌보아 줄 수 있을 것인가? 나 목사는 그의 곁에서 한 사람, 두 사람 떨어져 나가고 있다는 것을 알았을 것이고, 고독의 덩어리가 암종처럼 가슴속에서 날로 커져 가는 것을 느꼈을 것이다.

그런데도 그는 고독을 종처럼 부리고 있다. 그의 고독에는 후광 같은 것이 있다고 생각한다. 나도 혼자 있으면서 저토록 강할 수가 있다면 얼마나 즐거울까? 그는 혼자이면서도 많은 친구를 가지고 있는 사람처럼 보인다.

......

나 목사는 아침 햇살처럼 퍼지는 낭랑한 목소리, 그리고 태아와 같이 순수한 목소리로 말하고 있었다. 그것이 가장이나 위선이라고 말하는 사람이 있었다면 그는 틀림없이 악마의 시종이었을 것이다.

"그들은 육체적인 고문에 실패하자, 이번에는 새로운 방식으로 나를 괴롭혔네. 정말 그들은 현명한 짓을 한거지. 말하자면 정신의 고문을 가해 온 거야. 애들이었어. 하나는 여섯 살, 하나는 열 살. 그 형제는 우리 교회의 집사 아들이었네. 나를 의자에 묶어 놓고 고개를 돌릴 수도 없게 하고 말야. 그 앞에서 그 어린것들을 고문하기 시작하지 않았겠나.

자네는 그것을 이해할 수 없을 걸세. 애들이 우는 소리 말야. 어린 살결에 피가 맺혀 가는 것 말야. 그들은 나보고 말했지.

당신이 입을 열 때까지 우리는 이 애들을 고문하는 거라구. 당신은 목사니까 남을 사랑하고 죄 없는 영혼을 구하고 남을 도와야 한다구. 이 애들은 당신 때문에 맞는 거야. 그리고 애들을 보고 '너의 목사님께 빌어라, 그러면 매를 안 맞을 수도 있어. 우리 보고 빌지말고 목사님께 사정을 해봐, 너희들은 목사님의 마음에 달린 거니까'라고 말했던 걸세.

김 군! 내가 그것을 참을 수 있었다고 생각하나? 내가 입을 열면 나를 믿고 비밀을 말한 두 사람의 교회 청년이 잡혀 죽게 되는 거지. 나는 그들이 숨은 연락처를 누구에게도 가르쳐 주지 않겠다고 신에게 맹세했었네. 그러나 입을 다물고 있으면 아무 죄도 없는 어린것들이 내 눈앞에서 고통을 겪어야 하는 걸세.

나는 성서의 구절을 샅샅이 생각했네. 그러나 이런 경우에 내가 어떻게 행동하리라는 그런 말은 아무 곳에도 씌어 있지 않았지. 나는 그때 신을 모독할 뻔했네. 예수님처럼 '엘리 엘리 라마사박다니'란 말을 되풀이하고 있었으니까. 애들은 매를 견디지 못하고 내 앞에 무릎을 꿇은 채 빌고 있었어. '목사님, 우릴 살려주셔요. 교회에서 다시 공 던지기를 하지 않겠어요'라고 말야. 그래도 자네, 나는 어금니를 깨물며 입을 열지 않았네. 그 청년들의 은신처를 내게 말할 수 있었던 것은 날 믿었기 때문이야. 누구도 말야, 손댈 수 없이 신성한 믿음이 아니었겠나.

그런데 자네, 나는 끝내 입을 열고 말았어. 그 애들은 마지막 기대를 걸고 목사님 앞에서 애걸해 봤지만, 그 사람도 결국 매질하는 그들과 똑같이 냉혹한 사람이라는 것을 알게 된 거네. 그러더니 글쎄… 글쎄… 이번엔 저희들끼리, 형제들끼리 말야, 아픈 상처를 씻어 주고 있지 않겠나. 의지할 사람은 저희들 형제뿐이라고 생각한 거네. 열 살 난 놈이 아우의 볼에서 흐르는 피를 씻어 주고 머리를 쓰다듬어 주니까, 여섯 살 난 놈도 저의 형의 눈물을 씻어 주며 꼭 안기지 않겠나. 저희들끼리… 오! 주여.

화평했던 나 목사의 눈에서는 눈물이 흐르고 있었다. 그는 잠시 기도를 드리려고 했는지 말이 없었다.

김 군! 나는 약속을 어겼네. 입을 연 걸세. 그것으로 일이 끝나버렸다면 나는 마음이 평온했었을지 몰라. 그러나 내가 가르쳐 준 주소로 그들이 몰려갔을 때는 이미 그 청년들은 거기 있지 않았네. 그들은 내가 잡혀간 것을 알자 곧 다른 데로 몸을 피한 거야. 그들은 나와의 약속을 믿지 못했던 거지. 아니, 인간을 믿지 않았기 때문에 그들은 산 걸세. 난 그들이 현명했다는 것을 알면서도, 그래야 되었다는 것을 알면서도, 어찌되었든 그들의 믿음을 배신하고서도 그들이 날 믿어 주지 않고 뺑소니를 친 것이 섭섭했었네.

북에서 온 사람들은 내가 거짓말을 한 줄로 알고 진짜 주소를 대라면서 마구 두들겨 패더군. 속은 분풀이를 하는 것이었네. 김 군! 위선이라고 듣지 말게. 나는 매를 맞으면서 그 고통을 느낄 때 말이지 마음이 가라앉고 오히려 즐거웠네. 그들이 때리지 않아도 나 자신이 나를 매질했었을 거네. 이렇게 병신이 되었지만 마음은 평화롭고 아주 조용하단 말야. 하나님은 나를 용서해 주신 거지…."

그 이야기를 들은 철훈 자신의 감상은 아무 데에도 적혀 있지 않았지만 나 목사의 그 사건을 통해서 철훈은 무엇인가 저 세상 사람들 틈으로, 낯선 인간들 틈으로 섞여야겠다는 강렬한 유혹을 받은 것이 분명했을 거라고 나는 생각했다.

그렇다면 2월 18일 나 목사와 신혜를 다 같이 알고 난 철훈은 고독의 허물을 벗었는가? 그는 직장에서 다른 친구들과도 어울리게 되었을까? 그가 쓰려던 「장군의 수염」도 그 주제가 바뀌어져야 하지 않았을까? 그 주인공은 남들처럼 수염을 기르면서도 그 수염과 싸워 가는 것으로 되어 있지 않았을까?

나는 그 심리의 변화가 어떻게 행동으로 옮겨졌는지 알고 싶었다. 뜻밖에 나는 이 사건의 함정에 빠져든 느낌마저 들었다. 나는 처음에 그를 소개했던 미스터 김을 만나야겠다고 생각했다. 일기장을 보면 그가 신문사를 그만둔 것은 6월로 되어 있었다. 직장에서 일어난 일들을 적은 대목은 대부분이 나 목사를 만나기 전의 일들이다. 2월 후부터는 거의 모두가 나 목사나 신혜에 대한 이야기만으로 되어 있었다. 나는 내일 S신문사로 갈 것이다.

6

신문사에 들른 것은 연재소설을 끝맺고 이번이 처음이었다. 마감 시간이 지난 줄로 알았는데 편집국은 어수선했다.

사방에서 전화벨 소리가 울린다. 고함을 치듯이 전화를 받는 소리가 소음보다 한 옥타브 높게 들려온다.

"이청길 쉰둘, 박덕만 육십, 김옥…히… 뭐 희? 흐 짜에다 이… 됐어— 아니 뭐… 그냥 여섯, 여섯 살이야?"

지방에서 걸려온 장거리 전화로 명단을 받고 있는 중인가 보았다. 무슨 큰 사건이 터진 모양이다.

미스터 김은 재판실에 있었다. 그를 기다리는 동안 나는 편집국장석 응접의자에 가서 걸터앉았다.

"무슨 큰 사건이라도 일어났소?"

"호외를 보시지 않았군요. 압사 사건입니다. K시의 극장에서 배우를 보려고 사람들이 밀려들었는데 그때 누가 장소를 좀 넓혀 보려고 불! 이라고 소리지른 모양입니다. 그 소동으로… 열두 명이나 밟혀 죽었어요."

아프리카 밀림 속에서 산불을 피해 달아나는 짐승의 무리, 코끼리 떼들이 머리에 떠올랐다.

"밟혀 죽어요?"

아무 관련이 없는 사건이었지만 나는 엉뚱하게 김철훈의 죽음— 코끼리 떼에 밟혀 죽어가는 김철훈의 환상을 그려 봤다. 신문사는 늘 바쁘다. 그들의 근무지는 이 빌딩이 아니라 사건의 현장이다. 언제 어디에 자기가 있을지 자신도

예측 못하는 직업. 그가 그런 직업을 견뎌 낼 수 있었을까? 어쩌면 일부러 그런 직업을 택한 것은 아닐까? 그러나 철훈의 일기에는 카메라 기자 생활이 한층 더 자기를 외롭게 만든 것으로 되어 있지 않은가?

나는 담배를 피우며 그의 일기 토막을 생각했다.

　나는 예외 없이 카메라 렌즈의 이편 쪽에 서 있다. 렌즈의 앞으로 뛰어나가 피사체의 세계로는 들어갈 수가 없다. 언제나 적당한 거리를 유지해야 하는 피사체의 이쪽 밖에 나는 있어야 한다.

　나는 사건을 쫓아다닌다. 뉴스가 있는 현장에 내가 있어야 한다. 그러나 그 현장에 있으면서도 나는 언제나 뉴스 밖에 있어야 한다. 취재기자들처럼 그것이 왜 일어났으며 어떻게 전개될 것이며 또 어떤 결말을 가져 오는지? 그것을 캐낼 권리가 카메라 기자에겐 없다.

　찍어야 할 것을 찍고 현상을 하고 인화를 해서 데스크에 넘기기만 하면 된다. 어느 때에는 내가 찍은 사진을 본문 기사를 읽고서야 그게 어떤 사건의 장면이었는지를 똑똑히 알 때도 있는 것이다.

　렌즈의 앞이 아니라 뒤편에 나는 서 있어야 한다. P기자와

다툰 것을 나는 후회한다. 그는 내 기분을 이해할 수 없었을 것이고 그것도 당연한 일이다. 다만 "찍으라는 것이나 찍고 빨리 돌아가지 그래. 취재는 내가 하는 거야"라고 한 P의 말을 참을 수가 없었던 것뿐이다.

그 혐의자의 얼굴을 찍기만 하는 것으로 물론 내 일은 끝난다. 그러나 그 피의자가 경찰에 끌려가면서 "순이야. 아버이에겐 죄가 없다"고 딸 이름을 부르는 것을 무관심하게 보아 넘길 수만은 없었던 것이다. 나는 많은 사람들의 얼굴을 찍어 왔다. 그러나 태반이 나는 그들이 누구인지를 모른다.

편집국의 분위기를 보니 철훈의 기분을 실감할 수가 있겠다. 편집국장이 나에게 무엇이라고 물은 것 같다. 그러나 나는 잘 듣지 못해서 "예—" 하고 끝을 얼버무리면서 대답을 했다. 이쪽에서도 무엇을 물어야겠다. 사람들은 자기에게 관심을 가져 주는 것을 좋아하니까.

"김철훈 군이 죽었더군요!"

편집국장은 펜대로 코를 문지르면서 편집부 쪽을 보고 있었다.

"벌써 오래 됐지요"라고 했다. 그는 마지막 판의 신문 대장을 기다리고 있는 것 같았다. 그는 철훈의 죽음보다는 차라리 사회면 1단짜리의 사건에 나오는 것이라도 그쪽의 죽음을 더 중요하게 생각하는 것인지 모른다. 국장의 그런 태도에 가벼운 분노가 치밀었다. 1년 이상이나 같이 생활해 온 자기 부원이 아닌가.

"타살 혐의가 있는 모양이던데…."

그 말을 듣자 편집국장은 눈살을 약간 찌푸렸다.

"누가 그를 죽였겠어요? 돈두 없고, 또 별로 눈에 띌 만한 친구도 아니었고. 실직하고 생활이 어려웠겠죠."

그는 실직에서 오는 생활고 때문에 자살했을 것이라고 추정하면서도 이렇다 할 동정을 보이는 것 같진 않았다.

"실직했기 때문에…."

나는 뜻밖에도 그의 사인을 실직으로 보는 또 하나의 새로운 시점이 있다는 것을 알고 놀랐다. 무수한 원인이 있다. 그러나 원인이란 말은 꽤 과학적으로 들리는 말인데도 실은 늘 모호하고 주관적인 말로 쓰이고 있다는 것을 나는 발견했던 것이다. 미스터 김이 안경을 벗어 넥타이 자락으로 닦아 가면서 나에게로 왔다.

"선생님, 웬일이세요? 참 오래간만이네요."

우리는 평범한 인사를 나누고 구내 지하실 다방으로 내려갔다. 미스터 김은 내 친구의 동생이라 그가 고등학교에

다닐 무렵부터 알고 있는 사이였다.

"철훈이를 내게 소개해 준 일이 있었지?"

"그는 죽었어요. 연탄가스로요."

"알고 있어! 그래 가 봤나?"

"사원 중에서 그 친구의 집을 아는 사람은 하나도 없는 걸요. 걔는 그런 애예요."

"직장에 주소록이 있었을 텐데…."

"철훈이는 신문사를 그만둔지 오래된 걸요. 왜 그러세요? 그 무슨 수염이라는 소설이라도 어디 발표해 달라고 맡겼던가요?"

미스터 김은 고등학교 때의 말투를 그대로 쓰고 있었다. 필름을 뺀 빈 릴을 손으로 쳇바퀴 돌리듯이 빙글빙글 돌리고 있는 폼이 좀 따분해 하는 것 같았다.

나는 우선 동료들이 왜 그를 싫어했는지를 물어봤지만 대답은 아주 간단한 것이었다. 시골 선비 같은 고고한 기질, 융통성 없는 행동, 비사교적인 생활 태도 등등을 꼽았다. 그밖에도 예를 든다면 자기 중심적이라 바쁜 시간에 암실을 쓰는 데도 남의 생각을 하질 않고 늘 늑장을 부리곤 했다는 것이다.

역시 미스터 김도 철훈을 벽 너머에서 보고 있는 것이다.

그는 철훈과 미술 대학 동창이고 더구나 같이 사진을 찍고 같은 직장에 있으면서도 하나의 타인에 지나지 않았다. 그의 일기에도 암실 작업의 이야기가 나오고 있다. 그는 암실을 좋아 했던 것이다.

암실에 들어오면 내가 완전히 혼자라는 데에 안심한다. 대낮— 밖에서는 햇볕이 내리쬐고 사람들은 그 휘황한 광채 속에서 물고기처럼 헤엄치고 있을 것이다. 그러나 나만이, 광선과 소리와 외계(外界)의 공기를 두절한 밀폐된 암실에 이렇게 서 있는 것이다. 깜깜한 어둠 속에 둥근 달 모양의 형광판(螢光板)이 파란빛을 던진다. 그것은 저편 벽 너머의 딴 세상으로 향하는 출입구같이 보인다.

하이포산의 새콤한 냄새와 어둠과 형광과 인광의 바늘이 돌아가는 타임워치의 소리와… 아! 여기는 영원, 영원히 잠들어 있는 피안의 세계다. 암실 작업은 나를 해방시켜 준다.

"형광판이 무어지?"
미스터 김은 갑작스러운 나의 질문에 얼떨떨하게 웃었다.
"오늘은 선생님이 좀 이상하신데요. 아! 알았어요. 소설을 쓰려고 소재 헌팅을 나오신 거죠. 소설 쓰는 것도 힘이

들겠어요. 형광판이란 네거필름의 노출도를 검사할 때 암실에서 쓰는 도군데요… 암실에는 어떤 종류의 광선이라도 들어오면 안 되거든요. 지옥에 가도 불빛이 새어 들어오는 곳이 있겠지만, 암실만은 그렇지 않거든요. 완전한 어둠, 그래서 형광판이라는 특수한 광채를 이용해요— 실은 그게 광선은 아니죠. 필름의 노출도를 볼 수 있을 정도의….”

나는 시간을 너무 많이 소비하고 싶지 않았다. 그래서 몇 가지 점만을 따서 간단히 묻기로 했다.

“금년 2월 이후에 그의 태도 말야, 특히 친구 사이에 말야, 무슨 변화라도 일어나지 않았는가?”

“글쎄요, 2월 이후라고 딱히 꼬집어 말할 순 없지만 이 직장을 그만두기 전의 그 애 태도는 아주 수상했어요.”

그는 자기 머리를 가리키며 인지손가락으로 허공에다 동그란 원을 그렸다. 돌았던 것 같다는 얘기다.

“자넨 무슨 근거로 그런 소릴 하나?”

나는 화를 냈다. 그러나 미스터 김은 그가 대학 시절 때부터 비정상적이었다는 것이다. 미술 대학에 다닐 때, 그는 괴상한 그림, 지금으로 말하면 추상화 같은 것을 그려 교수들을 당황하게 했었다는 것이다.

“저도 사실적인 그림을 그리고 싶습니다. 그러나 무엇을 그린다는 것은 무엇의 일부분을 잘라 버린다는 이야기고 또 그 그림의 한 대상을 살리기 위해 많은 주변의 사물들을 말소해 버린다는 뜻입니다."

철훈은 교수들에게 이렇게 대들었다. 미스터 김의 설명을 들으면, 가령 풍경화를 그릴 때 그 풍경은 연속적인 것인데도 화가들은 그것을 그리기 위해 네모진 화폭의 경계선만큼 그 일부를 도려 낸다는 뜻이었다. 철훈은 그게 싫다고 했다. 화폭에 담지 못하는 다른 풍경이 걱정된다는 것이다.

그리고 더욱 나무를 그리거나, 집을 그리거나, 거기에는 돌이라든가 흙이라든가 그 주변에 흩어진 여러 사물들이 있는데, 대개는 그리는 하나의 대상을 살리기 위해서 부당하게 다른 사물을 없애 버린다는 것이었다. 철훈은 화가의 미적(美的) 의도는 사물에 대한 폭력이라는 것이었다. 자기는 돌, 자갈 하나하나도 거기에 있을 권리가 있다고 생각한다고 했다.

그래서 학생들이 놀리느라고 "카메라로 풍경을 찍으렴. 그러면 하나도 희생되는 사물이 없어 그대로 나올테니까" 라고 했다.

철훈은 정말 그 다음날부터 카메라를 들고 학교에 나타나기 시작했던 것이다. 그리고 미스터 김은 김 대사(大使)와 싸운 이야기를 하려고 했다.

"쓸데없이 발작적으로 대드는 버릇, 그 김 대사하구요."

"그건 나도 알고 있어."

나는 그의 말을 가로막았다.

그가 김 대사와 싸운 이야기는 신문사 내에서도 화제가 되었던 모양이다. 철훈은 그 사건을 일기에 자세히 적어 놓았다. 그것은 그가 나 목사와 알기 수 주일 전의 일이었는데, 그 일기는 유일한 소설체의 기록으로서 색다른 인상, 철훈의 다른 일면을 보여 주는 내용이었다.

나는 정치부의 T기자가 김 대사 집 인터뷰의 사진을 찍으러 가자고 할 때 거절했던 것이 좋을 뻔했다. 물론 나는 T기자가 김 대사 댁에 가면 한 턱 잘 얻어먹을 수 있겠다는 말에 유혹당한 것은 아니다.

김 대사는 미국에서 한 3년밖에 살지 않았는 데도 거의 영어로 말하다시피 했고 말끝마다 "그게 한국말로 무어라고 하던가?"라는 말을 되풀이하곤 했다.

얼굴은 유별나게도 순수한 동양인, 더 정확히 말하자면 몽고인 쪽에 가까운 인상이었는데도 자신은 마치 아이크를 흉내 낸 미소를 지으며 서양 사람처럼 어깨를 으쓱해 보였다.

부인은 파티에 나가기 5분 전의 차림새를 하고 들떠 있었다. 만약 한 백 년 전의 그녀의 조상이 도포 자락에 짚신 발을 하고 나타난다면 억울해서 자살이라도 할 형세였다. 그러나 나는 잘 참았다.

"처음 한국에 나왔을 때 학위를 받고서 말야. 김치가 어떻게 맵던지 배가 쓰리더군. 식성이란 것도 절대적인 것은 아니지. 사실 식생활부터 우린 개량해야 해요."

나는 그만 "처음에 미국에 가셨을 때에는 어땠어요, 버터가 느끼해서 역시 배가 쓰리셨겠죠?"라고 말해 버렸다.

기자는 곁눈질로 흘겼다(사실 김 대사는 신문사 사장의 동생이라 우리는 신문사 용어로 '조오찡 기사'를 쓰기 위해 파견된 것이다). 나는 그래도 계속 용케 참았다. 사진을 찍을 때 미국에서 받았다는 선물이란 선물은 모두 뒤에 진열하고 법석을 떨 때에도, 그리고 미국의 모 고관과 악수하는 사진을 펴놓고는, "어때요, 이건 거기 『워싱턴포스트』지 사진부 기자가 찍은 건데… 좀 내가 부자연스럽지 않을까?"라고 말할 때에도 나는 참았었다.

T는, 역시 미국 기자들은 카메라 앵글을 잘 잡는다고 칭찬을 하면서 이 사진을 신문에 내 보자고 거둬 넣기도 했다. 장단이 잘 맞았다.

그러나 가족사진을 찍으려고 할 때 즉 사모님께서 "메리!", "짐!"하고 안방을 향해 소리를 칠 때 그만 그 사건은 벌어지고 만 것이다. '짐'이니 '메리'니 해서 나는 스피츠 따위의 고급 강아지라도 기어 나오는가 싶었다.

헌데 문이 열리면서 네 살쯤 된 쌍둥이가 걸어 나오는 것이었다. 분명히 머리털은 블론드가 아니었지만, "마미", "마미"하면서 그 애들은 영어를 썼다. 김 대사 사모님은(아니 아직은 발령만 받은 대사의 사모님) 한 놈씩 무릎 앞에 올려놓고 이 애들은 아직도 한국말을 모른다고 대견스러워 했다. 그리고 티발음이 드롭된 영어로 모녀간에 풍차 돌리듯 말을 했다.

T군도 신기한 표정을 지으며 서투른 영어로 그 애들의 나이와 이름과, 영문법의 비교급을 활용해서 "엄마가 더 좋으냐", "아빠가 더 좋으냐"는 말을 셰익스피어 극의 대사를 외듯이 심각하게 말하고 있었다. 옆에서 김 대사가 유창한 영어로 T군의 영어를 다시 아이들에게 통역(?)해 준다.

그 애들은 아버지가 좋다는 것이었다. 김 대사님은 나를 보고, "저게 바로 미국식이야. 미국 애들은 대개 아빠를 좋아하지…"라고 말하면서도 또 아이크처럼 싱긋 웃었다.

나는 더 참을수가 없었다. 왜 나는 그런 일에 대해서 흥분하는가? 남들은 다 아무렇지도 않게 보아 넘기는 일을 어째서 나는 그저 삼켜버릴 만큼 비위가 튼튼하지 않은가? 나는 그때 '사모님'께 국궁(鞠躬) 재배하고 말했다. 정말 공손히 말했던 것이다.

"사모님, 저 애들은 한국 이름이 없나요? 제 나라 말은 아직 모른다고 쳐도 제 이름이야 알아 듣지 않겠어요. 한국 사정을 아마 잘 모르시는 모양인데 우리나라에서 메리니 짐이니 하는 서양 이름은, 개 이름이나 카바레의 바걸이나 양공주들을 부를 때에나 쓰는 것입니다. 서양 것은 다 좋지만 서양 이름만은 아직 우리나라에서는 말입니다. 고상한 대접을 받질 못하고 있어요. 사모님께서 귀여운 자녀들의 이름을 부르시는 것을 저는 그만 개를 부르는 줄로 착각했어요. 애들에겐 죄가 없습니다, 사모님."

T군이 먼저 나를 보며 욕을 했고 다음엔 사모님, 그리고 그 다음엔 점잖은 대사님이 큰소리를 치셨다. 거기에서 그냥 참았더라도 일은 멋쩍게 되지 않았겠지만 나는 이상스럽게도 흥분을 참지 못했다.

"교훈이 아니라, 당신 같은 사람이 대사를 하기보다는 천하대장군의 장승을 뽑아 보내는 것이 낫다"라고 폭언을 퍼부었다.

난 그 대사의 애들만 보지 않았더라도 그날 그 추태는 보이지 않았을 거다. 애들이 불쌍했다. 한국어를 모르고 인형하고 만 놀고 있는 그 애들, 그 애들은 내가 어렸을 때처럼 뒷짐을 지고 다른 애들이 노는 것을 떨어져 구경만 하고 있었겠지. 내 고통을 그 애들이 또 되풀이하고 있는 것 같았다. 나는 그 것을 참을 수가 없었던 것이다.

나는 김 대사의 사건은 잘 알고 있으니 그다음 이야기를 하라고 했다. 옛날엔 그래도 그렇지 않았지만 신문사를 그 만둘 무렵에는 아주 정상이 아니었다고 미스터 김은 말했 다. 미스터 김은 또 필름을 뺀 빈 릴을 테이블 위에서 놓고 손바닥으로 굴리고 있었다.

"그게 바로 해직 이유이기도 해요. 그는 남이 시키지도 않는 일을 하려고 했어요. 귀신들린 사람처럼 이상한 눈빛 을 하고 우리를 볼 때마다 싱글싱글 웃고 있었죠. 참 우스 웠어요. 그럴 무렵에 사건이 벌어졌죠. 아시겠어요? 작년 에 사진 보도상을 받은, 왜 염상운이라고… 어쨌든 그 염상 운이가 말입니다. 아내가 자궁암으로 죽을 때였어요. 그의 아내는 염상운의 손을 잡고 잠시도 놓아주지 않았거든요. 그렇다고 무작정 아내 곁에만 있을 수 없고… 그래서 출근 하다 말다 했어요. 근데 그 친구가, 그날도 아내 때문에 현장에 나가질 않고 몽타주 사진을 데스크에 그냥 돌렸어요. 6월달 장마 사진 말예요. 이재민들에게 아무 대책도 마련해 주지 않아 그들이 굶고 병들어 있다는 기사의 사진이었죠. 그때 나온 사진이 현장 것이 아니라 적당히 만든 겁니다. 별게 아니었지만 수사 당국에서 그걸 알고 찾아 왔는데 글쎄 부득부득 염상운이가 한 짓을 자기가 했다고 그가 나서지 않겠어요. 끌려갔죠. 그래서 간단한 문제를 도리어 복잡하게 했고 염상운도 신문사 측도 아주 불리하게 된 겁니다. 왜 그랬는지 알 수가 없어요. 결국 그 일이 있고 권고사직을 당했던 거죠."

"그걸 자네들은 미친 짓이라고 알았나?"

내 얼굴이 화끈해졌다. 미스터 김은 내 언성이 커지자 놀란 표정을 짓고 릴을 굴리던 손을 멈칫했다.

"확실했거든요. 권고사직을 시킬 때에도 정신병원의 진단서를 받은 걸요. 그 친군 정상이 아니었어요."

나는 그를 이해할 수 있다. 왜 철훈은 염상운이 한 짓을 자기가 맡고 나섰는가를…. 그는 알고 있었을 것이다. 절망적인 병석에서 죽음의 공포에 쫓기는 한 젊은 여인의 마음을 알고 있었을 것이다. 만약 염상운이 잡히게 되면 여인은 그 긴 밤을 혼자 뜬 눈으로 새울 것이다. 그는 그것을 안 것이다. 마지막 죽어가는 한 생명이 낭떠러지의 끈을 잡고 매달리듯 꼭 움켜잡은 염상운의 그 손을 빼앗을 수는 없다고 생각했을 것이다.

그는 그 일을 수기에 적지 않았다. 왜냐하면 두려웠을 것이다. 형을 돕기 위해서 비 오는 밤 그와 같이 진흙 바닥에 꿇어앉아 아버지에게 용서를 빌었던 것이, 이진이 총탄을 피하느라고 허둥댈 때 그를 살리기 위해 자기가 숨어 있던 그 수문을 내준 것이… 타자를 위해서 무엇인가를 도움을 주려고 할 때마다 결과는 엉뚱하게 나타났다.

그는 그것을 다시 확인하고 싶지 않았을 것이다. 인간과 인간의 만남이 우연이면 전연 합리적인 게 아니고 오해의 두꺼운 층, 당구공이 멋대로 굴러다니다 제가끔 부딪치는 것처럼 무의미한 것이고, 그런 결과를 염상운의 경우에서 다시 확인한다는 것은 참기 어려운 고통이었을 것이다.

왜냐하면 이미 김철훈은 나 목사를 만났고 신혜를 알고 난 뒤의 일이다. 그는 자신을 향해서, 인간 속으로 파고 들어가는 새로운 자신을 향해서 한 발자국 한 발자국 걸어가던 때인 것이다.

나는 미스터 김이 미워지기 전에 나가야겠다고 생각했다. 다방 밖에서는 신문이 쏟아져 나왔는지 애들이 외치는 왁자지껄한 소리가 터져 나왔다. 그 아우성 소리는 물결을 타고 점점 먼 곳으로 떠내려가고 있었다.

7

출판사의 독촉으로 며칠 동안 밖에 나가지 않았다. 원고에 손을 대기로 했다. 김철훈의 일을 잊은 것은 아니다. 틈틈이 그의 일기를 읽었다. 그는 울타리 철망에 앉아 있는 참새라든가 하수도의 음식 찌꺼기, 새벽녘의 바람, 장마철의 비, 이웃 방에서 흘러나오는 라디오 소리, 높은 빌딩에서 밧줄에 매달려 유리창을 닦고 있는 인부들, 시골에서 올라온 야채 장수와 리어커꾼들 ─ 사소한 주변의 일들을 적고 있었다.

소재는 모두가 일상적인 평범한 사물에 대한 것이었지만 흔히 볼 수 있는 사실적인 관찰은 아니었다. 그렇다고 관념적인 서술도 아니다. 한마디로 말하면 추상화된 현실, 초현실주의자의 시나 그림을 보는 것 같은 인상이었다.

내 주의를 끈 것은 일기장을 넘겨 갈수록 현실은 점점 더 추상화되어서 그가 신혜와 헤어질 무렵에 와서는 거의 그 문장을 이해할 수가 없이 되었다는 점이다. 가끔, 아주 가끔, 꿈속에서 깨어나듯이 혹은 안개가 잠깐 걷히듯이 리얼하게 그려진 생생한 대목들이 나오기도 했지만, 곧 환상적인 문장으로 바뀌어 버리곤 했다. '같이', '처럼', '하듯이' 등등의 비유법은 은유법으로 바뀌어 가고 있었고, 끝내는 은유조차도 읽을 수 없는 직접 데포르메(데포르마시옹, 자연을 대상으로 한 사실 묘사에서 이것의 특정 부분을 강조하거나 왜곡하여 변형시키는 미술기법)된 현상이 출몰했다.

'육교에서 마치 바퀴들이 떨어지고 있었다' 라든가, '나는 손끝에서 사라와크의 밀림을 스쳐 가는 바람 소리를 듣고 있었다' 라든가, '선창이 깨지고 짭짤한 해수가 쏟아져 들어와서, 더 이상 음악을 들을 수가 없다.', '왜 차가운 물은 나를 방해하는가' 등등의 수수께끼 같은 말들이 무수히 적혀 있었다.

신혜에 대한 일도 매우 환상적인 것으로 바뀌어져 있었는데, 심지어는 '나는 신혜가 살을 도려내는 소리를 참을수 없었다' 라는 구절까지 보였다. 그러나 더욱 알 수 없는 것은 신혜와 헤어진 날부터 죽기 직전, 즉 거의 일주일 동안의 일기는 갑자기 리얼한, 그리고 아주 평범한 정상적인 서술체 문장으로 일기를 적고 있었다는 점이다. 나는 머리가 혼란해져서 그의 수기를 더 읽을 수 없이 되어 버렸다.

바로 그럴 무렵에 신혜한테서 뜻밖에도 전화가 걸려 왔다. 오랜 친구처럼 그녀는 다정하게 말했다.

그 동안 카메라 때문에 자기는 새로운 혐의를 받고 박 형사에게 시달리고 있었다는 것이다. 이젠 모든게 해결되었으니 홀가분한 마음으로 이야기하고 싶다고 하면서, 선생님이 소설의 소재로 쓴대도 겁내지 않겠다고 했다. 철훈의 수기 중 한 대목처럼 수화기에서 흘러나오는 인간의 목소리는 언제나 벽을 느끼게 했다. 벽 뒤에서 흘러나오는 신혜의 목소리….

'시간은 최상의 양약' 이라는 평범한 금언을 새삼스럽게 실감했다. 신혜는 명랑해져 있는 것 같았다. 그녀의 기분을 어둡게 하지 않도록 반도호텔 스카이라운지에서 만나기로 했다. 밤이 좋을 것이다. 11월의 도시를 내려다 보면서 이야기를 나누는 것도 좋을 것이다. 시간은 일곱 시로 정했다.

신혜는 먼저 나와서 앉아 있었다. 검은빛 가죽 코트를 입은 신혜는 산으로 헌팅을 나온 사람처럼 싱싱해 보였다. 뜨거운 눈, 무엇을 녹여 버릴 듯이 검은 불꽃이 활활 타오르는 그 눈은 여전했다. 신혜는 구질구질한 날씨라든가, 건강이라든가 하는 의례적인 인사말을 아예 쑥 빼놓고 말을 시작했다.

"무엇 땜에 죽은 사람에 대해서 그처럼 관심을 가지시는 거죠? 산 사람들이 더 중요하지 않아요?"

"그래요, 신혜 씨는 살아 있어. 그렇게 숨쉬고 술을 마실 수도 있고 권태로우면 하품도 할 수 있지. 신혜 씨에게 관심을 갖기로 하죠."

나는 신혜의 질문을 슬쩍 피했다. 신혜는 탐카린스를 마시겠다고 했다. 스카이라운지의 푸른빛 유리창 때문에 서울은 수족관 속에서 노는 발광어(發光魚)처럼 신비하게 보였다. 맑았지만 밤공기는 차가웠다. 이런 때는 스팀에서 "쉬—" 하고 김이 새는 소리가 마음을 아늑하게 한다.

"신혜는 아주 오래 전에 만난 사람 같애. 처음 만났을 때에도 헤어졌던 사람과 재회하는 기분이었지."

나는 좀 서먹했지만 반말을 썼다. 정말 그래도 될 것 같은 느낌이 들었다.

"그이도 그런 말을 했어요. 하지만 오늘은 그이에 대해서 말하지 않기로 해요. 좋은 밤인걸요. 이렇게 앉아서 술을 마시고 조금 전까지만 해도 그 틈에 끼어 있던 서울의 시가지를 이렇게 굽어 볼 수 있고… 좋지 않으세요?"

신혜는 심호흡을 하듯이 뿌듯하게 가슴을 펴며 말했다. 자동차의 서치라이트가 아스팔트 위에서 긴 그림자의 얼룩을 내며 사라지곤 했다.

"신혜! 철훈이를 이야기하는 것은 아냐. 그는 이미 이 지상에 있지는 않아. 우리가 그에 대해서 말하는 것은 우리들 자신에 대해서 이야기하는 거야. 신혜의 말마따나 살아 있는 사람들을 위해서지. 우리는 철훈이가 마시다가 만 술잔을 들고 건배를 올리는 거야. 알고 싶은 것은 신혜가 왜 그와 헤어졌느냐 하는 것이지. 그리고 그는 신혜 때문에 죽을 수 있었을까?"

선혜의 얼굴엔 다시 그늘이 지기 시작했다. 손을 앞가슴에 넣었다. 목에 건 구리 십자가를 만지는것 같았다.

"선생님, 저도 줄곧 그것을 생각했어요. 처음엔 나는 그이가, 꿈꾸는 듯한 그이가 신기하고 좋았어요. 내장 냄새가 나는 그런 남자들 사이에서 나는 지쳐 있었을 때니까요. 그리고 아버지가 돌아가신 겁니다. 슬픔이 있는 사람은 조금씩 비현실적으로 되지요. 그것을 그이는 '내면의 빛'이라고 말했지만요. 그런 것에 충실하구요. 나도 그이를 좋아하게 되었던 것을 숨기지는 않았어요."

"아버지가 돌아가시자 그와 함께, 그러니까 그의 셋방에서…."

신혜는 슬프게 미소를 지었다.

"또 주저하시는군요. 우린 그때부터 동서생활을 시작했어요. 왜 선생님은 동서생활이란 말을 입 밖에 내기를 주저하시죠. 불결한 말인가요. 한자로 '同棲生活(동서생활)'이라고 써 놓으면 하긴 그 '棲' 자가 말예요. 그 '棲' 자 때문에 말예요. 동굴 속에서 두 마리 짐승이 털을 맞대고 살아가는 느낌이 들지요. 그러나 우리는 늑대나 여우는 아니었어요. 아주 작은 다람쥐래도 좋아요. 어쨌든 정말 산속에 있는 그런 동물 같은 생활과는 거리가 먼 동서생활을 했어요. 굴속이라는 것은 그럴듯해요. 그건 굴속이었죠. 근데, 그 안에서 사는 그 짐승만은 전설에서나 나오는 '맥' — 꿈을 먹고 산다는 '맥'이었죠."

흰 옷을 입은 급사들이 병원 복도를 지나가듯이 조심스럽게 테이블 사이를 누비고 다닌다. 방 안 온도는 쾌적했다.

"겨울의 스카이라운지는 쓸쓸하네요."

화제를 돌리려는 신혜를 나는 그냥 놓아주지 않았다. 그녀의 시선을 털복숭이 소철(蘇鐵)에서 돌리게 했다.

"신혜는 '맥'이었나?"

"처음에는요. 하지만 원래부터 나는 비계냄새를 풍기는 현실에 강한 집념을 갖고 있었어요. 그것이 그와 다른 점이었죠. 그이는 상처를 마구 미화(美化)하구, 또 상상적인 세계로 바꾸어 나가려 했지만 나는 그렇지 않았어요. 상처는 더욱 나를 현실적인 데로 얼굴을 돌리게 했죠."

"멜로드라마틱하게 처녀성을 잃었을 때부터 말이지."

나는 말하기가 거북했지만 취기를 빌어 터놓고 말했다.

"자세한 것은 묻지 마세요. 그러나 나는 선생님의 말을 부정하지는 않겠어요. 처음엔 죽을까 했죠. 기차 바퀴 소리를 들으며 눈이 희끗희끗한 겨울의 황량한 보리밭 고랑을 보면서 떨어져 죽을까 하는 생각을 했어요. 그러나 몸을 내던지려는 순간 무엇이, 뜨거운 불덩어리 같은 것이 목구멍에서 왈칵 넘어오는 것을 느꼈어요. 살고 싶다는 생각 ―생의 미련과는 아주 다른 것이었어요― 살아야겠다는 생각이 내 전신을 활활 불태우고 있었습니다. 불행한 일을 겪을 때마다 꺼지려던 그 불꽃은 다시 타오르는 거예요. 나는 그걸 잘 몰라요. 선생님, 확실하게 말할 순 없어요. 다만 미친 것처럼 그리고 폭풍처럼 말예요. 뜨겁고 격렬하게 살고 싶었을 뿐이었죠. 하지만 안에서는 불꽃이 일고 있는데 문은 굳게 닫혀 있었어요. 열쇠가 잠겨진 문 말예요. 폭발할 것 같은 지열이 분화구를 찾듯이 말예요. 나는 그 두꺼운 문을 열어주는 열쇠를 갖고 있는 사람을 찾으려 했던 것입니다. 누군가 딱 한 번, 딱 한 번 열쇠를 꽂고 돌려주기만 하면 생명은 폭발하고 분출하고 안에 갇혀 있던 불꽃은 모든 것을 불태우며 멋지게 흘러 나갔을 거예요."

신혜의 눈에서는 검은 불꽃이 활활 타고 있었다.

"철훈이도 그 열쇠를 갖고 있지 않았다는 건가? 오히려 더 그 문을 굳게 닫아 놓고 안에서 타는 불꽃에 부채질만 했다는 말인가?"

신혜는 놀랍고 반가운 낯빛을 보였다. 그리고 손뼉을 친다.

"그래요, 그래요, 정말 잘 아시네요. 꼭 그랬어요. 그것이 저를 참을 수 없게 했습니다. 그의 곁을 떠나지 않으면 나는 속에 화상을 입은 채 그냥 타 죽을 수밖에 없다고 생각했으니까요."

"자! 신혜, 이젠 나와 고해놀이를 하지 않겠어?"

나는 묵묵히 앉아서 신혜의 이야기를 듣기로 했다. 불완전하고 모호한 그 수수께끼 같은 철훈의 일기장과 신혜의 생생한 이야기를 서로 합쳐 놓으니까, 비로소 매직 페이퍼에 한 그림이 나타나듯이, 아니 색도 사진을 찍고 있는 프로세스 인쇄처럼 그들이 살고 있었던 한 폭의 생활도가 분명히 나타나기 시작했다.

신혜의 말은 그의 일기 내용에 뼈를 붙여 주었고, 또 그의 일기 내용은 신혜의 이야기에 살을 붙여 주는 셈이었다. 그의 일기가 네거[陰畵]필름이라면 신혜의 이야기는 인화지와 같은 것이라고 할 수 있었다. 잘 알 수 없는 그 네거를 인화지에 올려놓으면 비교적 진상에 가까운 글이 될 것이다. 나는 두 사람의 시점을 합쳐서 한 스토리를 머릿속에 엮어 갈 수가 있었다.

철훈은 신혜와의 동서생활을, '표류'라고 했고 2층 셋방을 '캐빈(선실)'이라고 불렀다. 우리는 끝없이 표류해 가는 거라고 그는 신혜에게 말했다. 모든 선객들은 이미 익사했고 이 깨어진 선실에는 우리 둘만이 남아서 표류해 가는 것이라고 했다. "우리가 표류한 지 한 달째 되었군"이라든가, 무슨 즐거운 일이 생기면 "표류한 지 처음으로 섬이 나타나기 시작했어"라고 말했다.

철훈은 모든 것을 그렇게 공상적으로 바꿔 말했다. 신혜와 잠자리를 같이 하는 것을 '고독의 배설 작업' 혹은 '고독한 돌격전' 혹은 '육체의 대화'라고 불렀고 신문사의 출근을 '낚시질하러 간다'고 했다.

"이봐. 혼자 앉아서 바닷바람이나 쐬고 있어. 나는 우리가 저녁 식탁을 마련할 고기를 낚아올 테니 말야. 내 낚싯대를 주지 않겠어…"라고 했다.

물론 낚싯대라고 한 것은 그의 카메라였다.

신혜도 처음에는 그런 장난을 좋아했다. 생활이 아니라 초등학교 아이들의 동극(童劇)과 같은 것이라고 신혜는 생각했다. 그들은 '선창'에 기대어 노을이 지는 것이라든가 오물이 떠 있는 그 지저분한 바다[市街]를 굽어보는 것으로 얼마는 만족했다.

생활의 일과도 늘 그런 것이었다. '고해놀이' 말고도 '추장(酋長)놀이'라는 것을 했는데, 이것은 모두가 철훈이 만든 유희였다.

언젠가는 우리들의 표류선이 해도(海圖)에도 적혀 있지 않는 신대륙에 가서 닿을 것이라 했다. 정말 무슨 봉황새 같은 것이 날아 다니고, 파초의 잎사귀 같은 것으로 동체만을 가린 토인들이 나타날 것이라고 했다. 그들은 일찍이 인종사전에 등록되어 있지 않은 전인미지(前人未知)의 인간들, 생각하는 것과 행동하는 것이 전연 우리가 알고 있는 그런 인간과는 다른 사람들일 것이라고 했다.

어느 날 아침, 5월의 새벽처럼 바삭바삭한 바람이 부는 맑은 날씨에 그들은 그 신대륙에 상륙한다는 것이었다. 철훈과 신혜는 '추장'이 되어 그 새로운 왕국의 주인이 된다는 것이었다. 철훈은 그것을 '추장놀이'라고 불렀던 것이다.

"추장님은 사냥을 하지 않으세요?"라고 신혜가 물으면 "천만에. 이곳 사람들은 사냥같은 살생을 하지 않지. 이렇게 말해. '추장님, 산의 짐승들에게 먹이를 주러 가지 않겠어요?'라고…" 철훈이 대답했다.

철훈은 꼭 초등학교 애들 같았다. 그냥 농담이 아니라 정말 진지하게 그런 놀이를 했다.

언젠가는 신혜가 물으면 "추장님, 우린 언제 고향으로 돌아가나요? 이젠 이 원시적인 생활이 따분해졌답니다. 토인들이 바르고 다니는 그 향료 때문에 골치가 아파졌어요"라고 하니까 철훈은 정색을 하고 화를 낸 일도 있었다.

"신혜! 신혜는 추장놀이에 싫증이 났군. 어리석은 장난으로만 아는군. 왜 그것을 이해하지 못하는 거야. 우리가 발견한 그 신대륙에서는 말을 하지 않아도 남들이 무엇을 생각하고 있는지를 다 안단 말야. 그들은 론도 춤을 출 때처럼 늘 함께 손을 잡고 살지. 속임수라든가, 제도라든가, 의심이라든가, 위장 같은 것을 하지 않는단 말야. 울타리도 말뚝도 가옥도 더구나 신문 같은 것을 읽지 않아도 그들은 서로 환히 알면서 살고 있는 거야. 우리의 토인들은 향료 같은 것을 바르지 않는단 말야. 그리고 골치 아픈 일은 처음부터 그 땅에는 없었어."

　대개는 이런 '추장놀이'가 아니면 '고해놀이'를 하는 것
으로 그들은 날을 보내고 있었다.
　신혜는 점점 불안한 생각이 들었다. 몽유병자나 백일몽
을 꾸는 것 같은 철훈의 표정이 두려웠다. '추장놀이'를 할
때에는 그래도 절박감 같은 것이 없었지만, '고해놀이'는
언제나 비통하고 우울한 것이었다. 사물과 화해하려고 애
쓸수록 철훈은 자기학대 그리고 신경쇠약에 가까운 자기결
백으로 괴로워하고 있었던 것이다.
　"신혜! 나는 왜 그런 짓을 했을까? 나는 오늘 신문사에서
돌아올 때, 호주머니에 구겨진 십 원짜리 밖에 없다는 것을
잘 알고 있었어. 그런데도 말야, 차장에게 돈을 꺼내줄 때,
나는 십 원짜리를 꺼내면서 룸라이트에 비춰보는 시늉을
했어. 혹시 백 원짜리라도 꺼낸 것이 아닌가 하는 투로 말
야. 그것은 연극이었지. 다른 승객들이 내 호주머니에 십
원밖에 없는 걸 비웃지나 않을까 하는 자격지심 때문이었
어. 신혜! 얼마나 슬픈 연기야. 아무도 나에게 관심을 가져
줄 리도 없었고 설사 십 원밖에 없는 줄 알았다 해서 비웃
을 사람도 없었지. 또 비웃으면 어때. 그런데 나는 호주머

니에 많은 지폐가 섞여 있는 것처럼 행동했단 말야. 왜 그럴까? 나는… 신혜! 나는 이제 다시 그런 짓은 하지 않겠어."

그의 '고해성사 놀이'는 대개가 다 그런 식이었다. 신혜가 고해할 것이 없다고 하면 나에게 무엇인가 '비밀'을 두고 있는 것이라고 성내기도 했다. 그런대로 그들은 어울려 살았다.

그런데 장마철이 온 것이다. 며칠을 두고 햇빛을 볼 수 없었다. 시큼한 곰팡이가 방 안으로 번지고 천장이나 벽은 습기로 얼룩져 가고 있었다. 선창(船窓)이라고 부르는 서쪽 창으로는 쥐털처럼 뭉클한 회색 구름들이 스쳐 지나가고 있었다. 신혜는 지루하고 따분한 생각이 들었다.

신혜는 낙숫물이 떨어지는 소리를 듣고 있었다. 물방울이 수채 쪽으로 흘러가다가, 터지고 또 다른 물방울이 생겼다가 다시 터지는 뒤뜰 마당을 굽어보고 있었다. 그때 문득 그는 불덩어리가 왈칵 목구멍으로 넘어오면서 가슴에 불이 붙기 시작한 것이다. 철훈을 만나고 처음 일어난 일이었다. 그날부터 신혜는 가슴속에서 타는 강렬한 불꽃들을 끄지 못했다. 분화구를 찾으려고 그 불꽃들은 붉은 혓바닥을 넘실거리고 있었다. 그러나 문은 여전히 닫혀 있었다.

"아! 살고 싶다. 동극(童劇)의 환상이 아니라 할퀴면 피가 철철 흐르는 진짜 현실의 생을 살고 싶다."

신혜는 철훈이 벽에 걸어 놓은 제리코의 그림을 보았다. 늘 보던 그림이었지만 전연 색다른 그림처럼 보였던 것이다. 그것은 「메듀스 호(號)의 표류」란 그림이었다.

돛이 부러진 뗏목 위에서 선원들이 손을 치켜들고 절규하는 그림이었다. 어둠과 폭풍을 향해서 옷을 벗어 들고 그들은 손을 내흔들고 있었다. 파도가 치고 하늘엔 구름이 일고 있다. 청동빛 육체를 삼키려는 검은 파도 앞에서 입을 벌리고 외치는 사람들의 얼굴!

신혜는 창을 열고 빗발치는 공간을 향해 외치고 싶었다.

"이 문을 따 주세요. 나는 살고 싶어요. 정말 살고 싶어. 살고 싶어."

철훈은 그 무렵에 직장을 나왔다. 철훈은 신혜의 곁을 떠나지 않고 온종일 그림자처럼 그 곁에 앉아 있었다. 신혜는 그래서 더욱 무엇이든 외쳐 보고 싶었다.

'육체의 대화'로 그 불꽃을 터쳐 보려 했지만, 철훈은 그럴 때마다 신혜를 두려운 눈초리로 바라보았다. 동물의 귀소성처럼 현실의 육체를 애무하다가도 곧 그는 둥우리를 박차고 어두운 상상의 허공으로 날아가곤 했다.

그날 밤도 역시 추적추적 비가 내리고 있었다. 신혜는 그 '고독의 배설작업'을 끝내고 허탈한 기분에서 이부자리를 빠져 나왔다. 철훈은 지친 채 잠들어 있었다.

"비가 또 오는군! 흠뻑 젖은 들판에 쥐들이 털을 털고 있 겠지… 나도 지금 그런 거야."

신혜는 할 일이 없었다. 신혜는 발톱을 깎기 시작한 것이 다. 그때 갑자기 철훈이 비명을 지르듯이 외쳤다.

"아! 소리를 내지 말아. 제발 발톱을 깎지 말란 말야."

철훈은 귀를 틀어 막고 있었다. (그는 또 괴로워하고 있는 거야…) 신혜는 비가 내리기만 하면 철훈의 청각이 예민해 진다는 것을 알고 있었다. 신혜는 그것을 알고 있었다. 그 의 형이 비 오는 어둠 속에서 끌려가며 그의 이름을 불렀던 일을 알고 있었다. 신혜는 발톱을 깎지 않았다. 베드 위에 앉아서 그녀의 얼굴을 들여다보고 있는 철훈을 달래려고 했다.

'비에 젖은 형의 목소리를 듣고 있는 것이다. 이 사람 은…'라고 신혜는 생각했다. 그러나 철훈은 고해놀이를 하 듯이 후회에 찬 목소리로 말하는 것이었다. 신혜가 생각했 던 일은 아니었다.

"신혜는 따분한 거지. 빗소리를 듣고 발톱을 깎고… 부탁

이야. 그런 짓을 하지 말아. 나는 신혜를 모독하고 말 것 같애. 고독을 배설하고 난 다음에 곁에 누워 있는 신혜의 육체를 나는 언제나 물고기 같다고 생각했어. 딴사람처럼 느껴지기도 했지. 육지 위로 끌어 올린 생선들은 물을 찾느라고 아가미를 벌름벌름거리고 있잖아? 신혜가 숨을 쉬느라고 어깨를 들먹거리는 것이, 나는 비리다고 생각한 거야. 이것만은 말하지 않으려고 했었지만 신혜, 비늘이 다 떨어진 생선의 그 살결을 연상한다는 것은 나의 잘못이야. 날 꾸짖어 주겠어? 발톱을 깎고 있는 것을 보니까 더욱 그런 생각이 드는군. 발톱, 그것도 인간 육체의 한 부분이야. 물론 신경이 통해져 있지 않으니까 아무 고통도 느끼지 않고 연필을 깎듯이 사람들은 발톱을 깎을 수 있어. 그러나 신혜가 발톱을 따~ 악 하고 깎을 때 뼈를 깎고 있는 것처럼 아픈 생각, 신경을 바늘로 찌르는 그 아픈 생각이 든거야. 그 소리를 난 들을 수 없어. 흐느적거리며 비누처럼 풀려가는 습기 찬 어둠 때문일까? 신혜. 용서해 주어."

철훈과 신혜는 직장을 구하러 다녔다. 철훈은 누드 사진을 찍어 외국의 카메라 잡지에 투고한다고 다녔고 신혜는 옛날 다닌 적이 있는 무용연구소에 가서 일터를 잡겠다고 했다. 그녀는 고학을 하면서 사대 체육과를 다니다가 중퇴를 했다는 자기의 경력을 처음으로 그냥 버려서는 안 될 것 같은 생각을 한 것이다.

가을까지 그런 채로 있었다. '고해놀이' 나 '추장놀이' 도 뜸해졌다. 다만 철훈은 소설을 쓴다고 하면서 그 이야기를 신혜에게 들려주는 일이 많았다.

「장군의 수염」이었던 것이다.

"어때, 주인공이 결국 수염을 기르는 것으로 할까? 아니야, 역시 끝내 수염을 기르지 않는 것으로 하는 편이 좋겠어…."

신혜는 몇 번인가 그와 헤어질 것을 결심했었다.

장마철도 지나고 가을이 깊어 갈 때였다. 신혜는 파출소에서 연락을 받았다. 철훈이 거기에 있다는 것이었으며 물어볼 말이 있다는 것이었다. 철훈은 삐걱거리는 낡은 의자에 앉아서, 파출소 벽에 걸려 있는 포스터를 쳐다보고 있었다. 신혜는 파출소 주임에게 철훈의 신원에 대해서 말했고 몇 가지 묻는 말에 답변했다.

"정신 이상자가 아니라는 말씀이시죠."

파출소 주임은 상상력이 부족한 사람에게서 흔히 볼 수 있는 좁은 이마를 찡그렸다. 신혜는 꼭 초등학교 학생의 학부형이 담임선생에게 호출된 기분이었다. 철훈은 유치원엘

갔던 것이다. 신혜도 그가 가끔 할 일이 없으면 동회 근처에 있는 유치원에 가서 아이들이 노는 것을 구경하는 일이 있다는 것을 알고 있었다.

그런데 그날은 철훈이 사고를 낸 것이었다. 유치원 원아들은 마당에서 '놀이'를 하고 있었다. 그것은 어느 유치원에서고 흔히 볼 수 있는 '놀이'였다.

보모가 서서 손뼉을 치면 애들은 그것에 맞춰서 빙글빙글 돌아간다. 그러다가 하나, 둘, 셋, 넷 하고 보모가 숫자를 부르다가 딱 멈추면 애들은 그 숫자대로 한 그룹을 만든다. 다섯이면 다섯 명씩, 셋이면 셋씩, 서로 짝을 지어야 하는 것이다. 아주 빠른 시간, 셋을 세는 동안에 해야 된다. 아무리 빨리 움직여도 결국은 애들 수와 짝수가 맞지 않으면 몇 명은 떨어져 나와야 한다. 이래서 끝까지 남은 아이가 이기게 되는 게임이었다. 철훈은 그것을 구경하고 있던 것이다.

애들은 와자지껄 뛰어 다니며 짝을 만든다. 숫자대로 이미 짝을 지었는데 남이 거기에 끼려고 하면 그들은 그애를 쫓아내는 것이었다. 그렇지 않으면 그 짝 전체가 죽는다. 철훈은 한 아이가 여기도 저기도 끼지 못하고 짝들을 지은 애들 사이에서 쫓겨다니는 것을 본 것이다.

보모는, "자! 짝을 못 만든 사람은 물러서야 해요. 어서 바깥으로 나가요"라고 말했다.

그때 철훈은 갑자기 보모에게 달려들었던 것이다.

"왜 애들에게 그런 놀이를 시켜요!"

철훈은 보모를 떠다밀었다. 수위가 달려왔다. 그는 그러다가 파출소로 끌려온 것이다.

"정상적인 사람이 그런 짓을 했을 리가 있겠습니까? 어쨌든 밖에 나오면 위험한 짓을 할 테니 부인께서 잘 살피도록 하십시오."

신혜는 철훈을 데리고 집으로 돌아왔다.

(나는 철훈에게서 떠날 수가 없다. 그는 서른 살 먹은 어린애, 보호자를 필요로 하는 병든 사람이다.)

신혜는 그 동굴 속에서, 아니 정말 어디론지 표류해 가기만 하는 그 선실에서 뛰쳐나오려던 것을 주저했다.

그렇다. 정말 그에게는 학부형 같은 '보호자'가 필요한 것이다. 신혜는 그가 걸핏하면 '시골에 가서 어머니와 농사를 지어야겠다'는 입버릇을 믿지 않았던 것이다. (그냥 표류할 거야― 저 사람은 표류하는 선체에 매달려 언제고 표류하고 있을 거야. 나에게 매달려서 말야.) 신혜는 매달려 있는 그 손을 놓을 수가 없다고 생각했다.

그러다가 드디어 그날이 온 것이었다. 철훈은 오랜만에 또 '고해놀이'를 하자고 했다. 그러니까 바로 그와 헤어지기 전날 밤의 일이었다. 겨울이 오고 있었다. 들창문이 떨그덕거리고 휘파람 소리를 내며 바람이 불고 있었다. 그들은 그날 처음 쇼핑을 했던 것이다. 신혜는 대지기업에 취직을 하고 첫달 봉급에서 가불을 했다. 연탄 난로를 사야 했기 때문이다. 비록 볼품없는 난로였지만 철훈과 살림을 시작한 후 처음으로 해보는 쇼핑이었다.

난롯불을 피워놓고 그들은 겨울의 산장에서 캠핑을 하는 기분으로 불을 쬐었다. 바람 소리를 듣고 있었다. 겨울이 오고 있는 것이다. 철훈은 그때 갑자기 '고해놀이'를 하자는 것이었다. 순서대로 그는 먼저 고해를 시작했다.

"신혜! 내 카메라가 없어진 것을 알고 있었어? 모르고 있었지. 나는 그 카메라를 누드 모델에게 주었어. 나는 이제 다시 사진을 찍지 않기로 했어."

신혜는 처음으로 그의 앞에서 고해를 들으면서 당황해했다.

"C양이 스튜디오에서 나오면서 차를 산다고 하기에 따라갔지. C양의 이야기는 감동적이었어. C양은 원래 부잣집 딸이었고 1년 전만 해도 자가용을 타고 학교에 다녔던 거야. 그러다가 혁명이 일어나고 그의 아버지는 정치범으로 감옥엘 갔어. 그는 미술 공부를 하고 있었던 탓으로 누드 모델의 직업을 가진 채 고학을 했다는 거야. C양은 처음 사람들 앞에서 옷을 벗을 때의 감상을 말하더군. 어떤 타락한 여자도 자기 육체를 남자 앞에 보이는 것은 꺼려 한다구 말이지. 그런데 대낮, 대낮 속에서 C양은 옷을 벗고, 흰 살을 드러내 놓았던 거야. 살기 위해서 그런 짓을 한다고 생각하니까 눈물이 쏟아지더라는 거야. C양은 나보고 또 이렇게 말했어. "거꾸로였어요. 나는 순서가 바뀌어 있었어요. 나는 남성을 알기 전에 먼저 육체의 부끄러움부터 상실한 거랍니다"라고 말이야. C양은 어금니를 깨물고 자신 있게 말했다는 거야. 나는 지금 시체이다. 하나의 숨쉬는 시체가 아니면 물건이다. 왜냐하면 내 손, 내 유방, 내 사지는 지금 본래의 목적을 상실해 가고 있는 것이다. 밥을 먹고 말을 하는 입, 숨쉬는 가슴, 걸어다니는 다리, 머리를 만지고 핸드백을 들고 하는 손. 그러나 모델은 다만 보이기 위해서 남에게 보이기 위해서 그것들을 사용하는 것이라고. 무익한 육체, 다만 그늘이 서리고 곡선이 있고 요철이 있는 하나의 선, 하나의 윤곽, 하나의 입체, C양은 그렇게 생각하면서 한 꺼풀 한 꺼풀 옷을 벗어버리고 모델대 위에 올라섰다는 것이지…. 그런데 C양과 내가 만난 그날은 그의 어머니의 생일날이었어. 어머니는 패물을 팔기 위해서 세상을 살고 있었던 거야. 마지막 결혼반지도…. C양은 그것을 알고 금은방 주인에게 그 반지를 팔지 말라고 부탁했다는 거야. 생일 선물로 그것을 다시 사서 갖다 주겠다는 것이었어. 그러나 C양은 돈을 갖고 있지 않았지…."

철훈은 C양에게 카메라를 준 것이었다. 그는 말을 끝내자 신혜도 '고해'를 하라고 했다. 고해할 것이 없다고 하니까 자꾸 조르고 끝내는 화를 냈던 것이다. 신혜는 비로소 결심을 했다. 그리고 고해를 하기 시작한 것이다. 그때만은 정말 철훈에게 구역질을 느꼈다.

"이젠 지긋지긋해요. 이것이 내 마지막 고해를 하는 거예요. C양의 일로 질투를 하는 것이라고 생각한다면 큰 오해예요. 오래 전부터, 장마가 진 그때부터 나는 이미 그것을 결정하고 있었으니까요. 추장놀이고 고해놀이고 나는 지긋지긋해졌구요. 소설을 구상하는 이야기도 이젠 신물이 나요. 여긴 '인형의 집'이 아니라 '우화의 집', '진공(眞空)의 방'이에요. 나는 여기서 나가야겠습니다. 상처, 상처… 상처… 라고 말하고 있지만, 상처보다는 아직 상처를 입지 않은 다른 부분이 더 많고 중요한 법이지요. 전신에 입은 상처라도 생명의 전부보다는 작은 거예요. 나는 이 방을 내일 떠나기로 했어요."

철훈은 그것이 C양에 대한 질투로 알았다. 오해하지 말라고 거듭 말하기만 했다.

"당신은 타락한 귀족에 지나지 않아요."

신혜는 그의 동정이 사치스럽다고 했다.

신혜는 다음 날 짐을 챙기고 있었다. 철훈은 말리지 않고 그냥 우두커니 서서 짐을 싸는 구경을 하고 있었다.

"왜 나를 말리지 않아요?"

신혜는 말했다.

"정말이었군…. 그러나 가는 것이 좋을 것 같다. 신혜가 짐을 싸는 순간에 나는 그것을 알았어… 우리는 어차피 '남'이었다는 걸 말야. 나는 두 몸이 하나가 되는 기적 속에서 살고 있는 것이라고 생각했었지. 우린 반 년이나 함께 산 거야. 그런데 짐을 챙기는 것을 보니 역시 신혜의 물건과 나의 물건은 엄연하게 그리고 질서 정연하게 갈라져 있다는 것을, 아니 애초부터 그건 남의 물건으로 거기 그렇게 있었던 거야. 나는 신혜가 짐을 꾸리는 것을 보고 용케 내 것과 신혜의 물건이 섞이지 않고 뚜렷이 손쉽게 분리될 수 있다는 것을 알았어. 아! 이 칫솔, 이건 신혜 것이야. 이 거울, 이것도 신혜 것이구. 이 양말은 내 것이고, 이 책은 내 것이고, 이 만년필은 신혜 것이고…."

철훈은 절망적으로 외치듯 말했다. 그리고 신혜가 심레스 스타킹을 슈트케이스에 넣는 것을 보고 그는 또 이렇게 말했다.

"그리고 그 양말. 신혜의 양말만은 애초부터 내가 타인의 물건이라고 생각해온 유일한 것이었지. 신혜가 내 침대로 들어올 때 나는 무엇을 보고 있었는지 알아? 바로 양말이었어, 허물처럼 벗겨져 방바닥에서 흐느적거리고 있던 그 양말이었지. 타인의 물건… 나는 그것을 보며 속으로 말했었지."

신혜는 짐을 챙기고 침대에 걸터앉은 철훈을 포옹해 주었다.

"우리는 언젠가 떠나도록 운명지어져 있는 사람들이에요. 소설을 쓰세요. 그 편이 상상의 세계를 실현하는 데는 더 편할 거예요. 난 딱딱한 육체를 가진 한 인간이구, 누에처럼 변신할 수 있는 그 방법을 모르고 있는 그런 포유류의 하나에 불과해요. 그래요, 소설을 쓰셔야 해요. 마지막으로 내가 들어줄게요. 소설은 어떻게 끝나나요? 역시 주인공은 수염을 기르지 않기로 했나요?"

철훈은 입술을 지그시 깨물고 있었다.

"그래 나는 소설을 쓰겠어. 이번만은 타인들을 돕는 것이 오히려 해를 끼치게 되는 비극을 재현시키지 않겠어. 내가 좋아하던 사람들은 늘 파멸해 갔으니까! 당신이 파멸하는 것을 난 원할 수 없어.「장군의 수염」을 어떻게 끝낼까 하는 것이 내가 오랫동안 고민하던 숙제였지. 그런데 이제 떠나는 신혜를 보니까, 이젠 쓸 수 있을 것 같은 생각이 들어."

"나에게 이야기해 주시지 않겠어요?"

신혜는 담담하게 귀를 기울였다.

"「장군의 수염」은 비가 오는 어느 여름 밤에 끝나…."

철훈은 말했다.

안개 속에서 실비가 내리고 있었다. 그는 육교를 건넜다. 무슨 바퀴가, 살이 부러진 바퀴가 깃털처럼 둥둥 떠서 떨어지고 있었다. 그는 그 바퀴를 피하면서 걷는다. 수염들이, 비에 젖은 수염들이 쫓아오고 있었다. 그는 그 수염을 피해서 어두운 골목길로 들어가려고 했다. 이번엔 검은 지프차 하나가, 넘버를 가린 검은 지프차 한 대가 헤드라이트로 그를 비추며

달려오고 있었다.

운전수는 '장군의 수염'으로 얼굴을 덮고 있었다. 그는 피하려고 했다. 그러나 지프차는 그를 따라 골목길로 커브를 꺾는다. 그는 손을 들고 눈부신 헤드라이트를 피하려 했다. 소리가 났다. 브레이크를 밟는 쇳조각 소리가 났다. 그는 검은 수염의 덩어리에 맞아 쓰러진다. 비가 오고 있었다. 짙은 안개였다. 지프차의 헤드라이트가 어둠 속으로 말려 들어간다.

그는 사라져 가는 빛을 향해서 머리를 든다.

"수염 때문에 나는 죽는 거다. 나는 암살을 당한 거다. 아— 수염을 기르지 않는 최후의 인간이 죽어가고 있는 거다. 나는 변하지 않는 인간, 수염을 달기 이전의 그 사람의 얼굴을 간직한 유일한 인간이다. 그러나 그들은 그것을 교통사고사라 할 것이다. 우연한 교통사고라고 할 것이다."

그는 죽어가고 있었다. 아무도 그의 시체를 눈여겨보지는 않았다. 그는 어둠 속에 또 하나의 어둠이 겹쳐 오는 것을 본다. 그 어둠 속에서 무성영화의 장면처럼 유치원 아이들이 걸어온다.

소리는 들리지 않지만 무엇인가 노래를 부르고 유희를 하면서 그를 향해 걸어오는 것이다. 초등학교의 학예회처럼 애들은 만든 수염을, '장군의 수염'과 같은 수염들을 달고 있었다. 그는 '수염' 단 애들이 무성영화처럼 소리 없는 몸짓으로 점점 가까이 오고 있다는 것을 느낀다. 그는 죽은 것이다.

신혜는 마지막 소설의 대목을 다 듣고 자리에서 일어섰다. 밖에는 겨울이 오고 있었다. 슈트케이스를 들고 골목길로 빠져 나갔다. 얼어 죽은 쥐들의 시체가 널려 있는 그 골목길을 급히 빠져 나갔다. 철훈은 선창(船窓) 너머로 나를 쳐다보고 있을 것이다. 그는 이제 혼자서 표류해 가는 것이다.

신혜는 쓸쓸하게 웃었다. 신혜는 내장 냄새가 풍기고 타이프라이터 소리와 같은 발자국 소리가 나고 주정꾼들이 비틀거리고 자동차가 질주하는 시가를 향해 걸어나가고 있었다.

"그이의 죽음이 저 때문이었다고 생각하세요?"

탐카린스의 컵 속에서 빨간 체리를 꺼내 입속에 넣고 신혜는 내 얼굴을 쳐다본다. 조금은 불안한 표정이었다.

"나는 그의 사인을 밝히겠다고 박 형사에게도 말했었지. 그러나… 그러나 자신이 없는걸. 한마디로 설명할 수 없어. 어렴풋하게 떠오르지만 그것을 설명할 수는 없어. 이제 모든 것이 끝났어."

진심이었다. 철훈이란 한 인물의 얼굴은 분명하게 떠오를 수 있게 되었지만, 가장 친한 친구인 것처럼 느끼긴 했지만 그의 죽음에 대해서 말할 자격이 없었다.

"겨울의 스카이라운지는 쓸쓸하네요."

신혜는 주위를 훑어본다. 가야 할 시간이다. 우리는 텅 빈 의자들 틈에 남아 있었던 것이다.

8

나는 출판사의 원고를 겨우 탈고했다. 약속한 날은 지났지만 어쨌든 나는 사반나 호텔에서 풀려 나올 수 있게 된 것이다.

12월 23일, 내일이 크리스마스 이브다. 시골에 내려가 있는 식구들에게 선물을 사야겠다고 생각했다. 나는 더 이상 김철훈의 일에 대해서 알아볼 생각이 없었다. 며칠 전 정신병원 원장을 만난 것이 김철훈의 사인을 밝혀 보려고 애쓴 나의 마지막 노력이었다. 그때 닥터 윤은 '세븐즈 베일'에 대해서 말했다.

"세븐즈 베일— 일곱 번째 베일이라는 것 말입니다. 영화에 그런 것이 나온 일이 있었죠. 인간은 일곱 개의 베일을 쓰고 타인들 틈에서 사는 겁니다. 튼튼하게 위장해 가면서 사는 거죠. 그러다가 남과 친해지면 그 베일을 한 꺼풀씩 벗겨 주는 겁니다. 그러나 우리는 다섯 번째 베일밖에는 벗기지를 못해요. 자기만이 있을 때 벗는 베일이 있고, 또 자기 자신도 모르고 있는 베일이 있어요. 그 마음의 베일, 일곱 번째 마지막 베일을 벗기는 것이 바로 우리 같은 정신분석학자가 하는 일입니다. 선생님이 그의 일기나 남의 이야기를 듣고 사인(死因)을 캐낼 수 있다고 생각하신다면 큰 오해입니다. 사인을 알려면 일곱 번째의 베일… 무의식… 자기도 모르는 그 무의식의 심연을 들여다봐야 비로소 설명이 가능해져요."

닥터 윤의 말에 의하면 철훈은 오이디푸스 콤플렉스를 갖고 있었다는 것이다. 「장군의 수염」이란 소설만 해도 그렇다는 것이다. '수염'은 무의식 심리를 분석할 때 '아버지'를 상징하는 것이고, 그것은 권위를 뜻하는 것이라 했다. 아버지가 죽었을 때 그가 눈물을 흘릴 수 없었던 것도 결국은 오이디푸스 콤플렉스로 보아야 한다는 것이다.

그 조정력을 상실한 데에서 정신분열증이 일어난 거고 신혜는 그에게 있어 어머니의 대상이었지만 시골에서 올라온다는 어머니의 이야기를 듣고 두 이미지 사이에 갈등이 일어났을 것이라는 이야기였다. 그는 말하자면 무의식 속에서 발작적으로 자살을 했을 것이 틀림없다는 거다….

나는 닥터 윤의 이야기를 더 듣고 싶지 않았다. 그랬을지도 모른다. 그러나 사람의 죽음을 산수 문제를 풀 듯 그렇게 쉽게 설명할 수 있는 공식이 있을 수 있을까? 나는 도리어 닥터 윤이 불쌍하다고 생각했다. 다만 또 하나의 시점이 더욱 혼란을 일으켜 준 것뿐이다.

나는 거리로 나갔다. 산타클로스와 사슴과 솜으로 분장된 흰 눈이 평화롭다. 포인세티아와 시클라멘이 온실 같은 쇼윈도에서 핀다. 포장지로 싼 선물을 한아름씩 낀 사람들의 물결이 넘치고 있다. 레코드 가게에서는 크리스마스 캐럴이 터져 나오고 있었다.

명동 입구로 들어섰다. 그때 나는 사람들 틈에서 스키 모자를 쓴 박 형사를 발견했다. 박 형사는 반가와 하는 것 같았다. 크리스마스 시즌에는 늘 우범 단속으로 바쁘다고 했지만 매우 한가롭게 보였다.

우리는 좀 이른 시각이지만 선술집으로 갔다.

"카메라 일은 잘 됐나요? 범인은 언제 잡으렵니까?"

나는 짜릿한 쾌감 속에서 말했다. 박 형사는 모르고 있지만 카메라의 행방을 나는 알고 있다. 타인 앞에서 비밀을 가지고 있다는 것은 분명 악마적인 즐거움이 있는 것 같았다.

"문제 없어요. 공소 시효는 아직도 창창합니다. 5년이나 남아 있습니다. 나는 꼭 범인을 찾아낼 테니 그때는 또 술 한턱 내셔야겠어요."

시간이 갈수록 술집은 소란해졌다. 벌써 주정하는 사람들도 있었다.

"형님, 형님— 아— 글쎄 그건 오해라요. 우리가 그럴 처집네까? 어디 형님? 혀어— 엉님… 오해라니까요."

커다란 소리로 주정꾼들은 떠들어댄다.

박 형사는 잔을 내 앞에 놓고 술을 따랐다.

"그래 선생님은 사인을 알아 내셨나요? 자살의 범인, 우리가 유치장에도 넣을 수 없다는 그 범인을 잡으셨나요? 무엇 때문이에요, 무엇 때문에 자살을 한 거죠? 실직? 실연? 염세? 정신병? 아니면 소설이 잘 써지지 않아서 죽었나요?"

박 형사는 웃었다. 그도 취하기 시작한 것이다. 나는 취기가 오르지 않았다.

"박 형사는 공소 시효라고 있으니 그 시간만 넘기면 어쨌든 마음이라도 후련할 겁니다. 그때까지 기다리는 사람도 없겠지만요. 그런데 나의 수사는 죽을 때까지, 아녜요, 우리들 미래의 아이들이 죽고 또 죽고 해도 말예요, 끝장을 낼 수가 없어요. 자살의 원인을 추격하는 데에는 공소 시효도 없답니다."

박 형사는 가스라이터를 켜서 내 담배에 불을 붙여 주었다. 내가 피워 문 담뱃불이 꺼져 있었던 것이다.

"나는 그를 모른다니까요. 이름도 기억하지 못했으니까요. S신문 사진부 기자라는 말을 듣고서야 겨우 알았으니까! 그런데 내가 어떻게 그의 죽음을 알아요. 그는 그의 죽음을 죽은 거예요. 누구도 타인의 죽음에 대해서는 설명 못하거든요. 자기만이 자기의 죽음을 아는 겁니다. 내가 타인의 죽음을 설명할 수 있다고 생각한 것이 잘못이었지요. 그것을 알 권리도 없구요. 그런데 말예요, 내일은 예수가 탄생한 날 아녜요? 즐기셔야 합니다. 사람들은 잔을 들어야해요. 죽음이 아니라 말이죠, 이젠 탄생에 대해서… 사람이 태어나는 그 '탄생'에 대해서 건배를 드시지 않겠소? 자! 자… 태어나는 생명들을 위해… 예수의 탄생과 또 우리 애들의 탄생을 위해서 말이죠."

왈칵 취기가 몰려왔다. 나는 무엇인가 지껄이고 싶었다. 박 형사와 오래오래 아무 말이고 하고 싶었다.

이렇게 취해서 비숍 킹의 시 한 구절이라도 소리 높여 외고 싶었다.

　나를 위해 거기 있어 주어요.
　죽음의 골짜기에서 꼭 뵙시다.
　더디 온다고 근심하진 말아요.
　벌써 나는 길을 떠났으니까.

　그러나 건너편 거리의 빵집 스피커에서는 크리스마스 캐
럴이 터져 나오고 있었다.

　산타클로스 할아버지 오늘 밤에
　하얀 머리 하얀 수염을
　바람에 날리며 오시네.

　내 머릿속에서는 비숍 킹의 시 구절이 또 그 위로 오버랩
한다.

　그리움과 슬픔의 채찍 밑에서
　달리고 또 달려갑니다.
　1분 1분이 쌓여서요

시간 시간으로 당신에게 갑니다.

붉은 모자 눌러 쓰고
붉은 두루마기 떨쳐 입고
추운 나라에 함박눈 맞으며 오시네.

밤이면 자리에 눕고
일어나는 아침에는 벌써
졸음의 바람에 불려 나의 항로(航路)는
여덟 시간이나 인생의 서쪽에 가까웠지요.
그러나 들어봐야 가벼운 북처럼 울리는…

술잔이 맞부딪치는, 투명한 유리컵 소리들을 들으며 나
는 주위의 소음 속으로 침몰해 갔다.

작가와의 대화

수염 뒤에 가리워진 본질 찾기

이어령 VS 이태동

수염 뒤에 가리워진 본질 찾기

이태동 이어령 선생님, 선생님께서 1966년 월간 『세대(世代)』 3월호에 「장군의 수염」을 발표하셨을 때 저는 군에서 연락 장교로 있으면서 제대를 하고 미국에서 대학원 공부를 하기 위해 준비를 하고 있었습니다. 그래서 그 당시 한국 문단에 대해 아는 것이 전혀 없었습니다. 비록 선생님은 1955년에 「환상곡」과 「마호가니의 계절」과 같은 소설을 쓰셨지만, 평론가로서 폭 넓게 활동을 하셨습니다. 무슨 동기로 이 작품을 쓰시게 되셨습니까? 릴케는 '글은 절대적인 요구에서 씌어진다'고 말했습니다. 작품의 소재는 어떻게 발견하셨는지요? 어떤 절실한 시대적인 요구가 있으셨습니까? 이 작품의 창작 배경에 대해서 말씀해 주십시오.

이어령 발표 연대를 보면 아시겠지만 5·16군사혁명이 일어나 박정희 장군의 군사 통치를 하던 60년대의 상황을 배경으로 한 것이지요. 제목 「장군의 수염」의 '장군'이 바로 그같은 시대 상황을 암시하는 키워드라고 할 수 있지요. 만약 그 시대의 상황을 비평으로 썼다면 정치적인 글이 되었겠지요.

저는 4·19 이후 정치의 한계, 저항의 문학의 비 문학성을 절실히 체험하고 있었기 때문에 직설적인 비평보다 우의적(寓意的)인 소설양식이 시대 상황을 복합적으로 그려낼 수 있는 언어라고 보았던 것이지요. 이 소설을 쓰기 이전 나는 『동아일보』에 발표한 문화시평을 통해서 '다이나마이트로 빙산을 부술 수는 없다. 빙산은 기상의 환경에 의해서만 녹일 수 있다'고 말한 적이 있는데 이러한 주장은 문학을 정치의 도구나 상황을 변하게 하는 수단이 아니라 자기 목적적인 자율성을 지닌 존재로 인식하였기 때문이지요.

이태동 「장군의 수염」은 리얼리즘 소설과는 달리 우의적인 색채가 매우 짙은 작품입니다. 그래서 일반 독자들은 이 작품이 지니고 있는 소설미학을 이해하기가 쉽지만은 않을 것으로 알고 있습니다. 그런데 이 작품의 제목은 주제는 물론 그것이 지니고 있는 우화의 핵심을 상징적으로 나타내 주고 있는 듯합니다.

물론 선생님께서 소설 가운데서 '장군의 수염'이 무엇에 대한 상징인가를 암시적으로 나타내고 있습니다. 하지만 독자들을 위해서 보다 선명하게 말씀해 주실 수 있으신지요? 쑥스럽고 무례한 요구라는 것을 알고 있습니다만, 다음 세대의 독자들이 이 작품을 제대로 이해 할 수 있도록 도움을 주시는 것은 나쁘지만은 않을 것으로 생각됩니다. 한 편의 훌륭한 문학작품의 탄생은 그것이 독자와의 성공적인 만남에서 출발하기 때문입니다.

이어령 이솝우화는 그 의미구조가 일대일의 대응 관계로 되어 있지요. 가령 여우는 교활, 늑대는 흉맹, 사자는 권력 자식으로 말이지요. 그러나 「장군의 수염」은 단순히 한 정권이나 시대를 일대일로 나타낸 은유가 아니라 일대 다(多)의 구조로 재현한 상징성을 지닌 소설이라고 할 수 있지요. 그렇기 때문에 '장군의 수염'이라고 하면 얼굴에 수염을 기르고 나타난 카스트로 장군이 떠오르기도 하고 히틀러의 수염이나 채플린의 수염까지도 연상될 수 있습니다.

장군은 당시의 박정희 장군만이 아니라 장군의 모든 속성과 수염의 모든 의미가 복합적으로 얽혀 있어서 정치적 사회적 문명, 문화적인 여러 레벨로 읽힐 수 있도록 되어

있어요. 조금 전문적 용어로 하자면 폴리포니〔多聲的〕의 구조로 된 소설이라고 할 것입니다

이태동 선생님께서 우화적으로 사용한 '장군의 수염'을 이 작품 끝에 인용한 시에 나오는 산타클로스 할아버지의 수염과 같은 문맥이나 맥락에서 읽을 수 있는지요. 만일 있다면, 그것의 공통분모는 무엇이며 차이는 무엇입니까?

이어령 앞에서 이미 말한 것처럼 수염은 권위일 수도 있고 인간의 얼굴을 가리는 가면, 그리고 수수께끼에 쌓인 모든 삶의 엑스파일일 수도 있지요. 그러니까 이 소설에 등장하는 수염은 프로이트의 분석대로 여자에게는 없는 남성의 힘인 가부장적인 권위와 억압, 아버지적인 것을 상징하지만 동시에 마지막 산타클로스의 수염처럼 종교적인 의미, 즉 탄생, 죽음, 부활 등 존재론적인 수염일 수도 있다는 것이지요.

그동안 한국의 소설은 속초에 가면 줄에 오징어를 널어 말리는 광경처럼 언어를 한 가지 스토리나 의미의 줄에 꿰어놓은 것 같은 것이 많았습니다.

그러나 나는 바다에서 헤엄치는 오징어를 잡아다 '스토리'라는 줄에 매달아 널어 말리는 소설기법이 아니라 조각

보처럼 삶의 천에서 떨어져 나온 천 조각들을 모아 조각보를 만드는 방법으로 소설을 쓰는 것이지요. 그렇습니다. 「장군의 수염」이야 말로 남들이 쓰지 않았던 '조각보 양식의 소설' 이라고 할 수 있겠지요.

나는 이야기꾼들의 단순한 소설구조를 더 이상 반복하지 않고 나의 소설미학을 통해 우리가 겪었던, 그리고 앞으로 겪게 될 정치와 돈, 사랑, 존재, 그리고 삶과 죽음을 관통하는 종교에 이르기까지 전 방위의 의미 탐색을 시도해 본 것이라고 할까요.

그래서 사랑의 이야기가 종교를 패러디한 것 같은 '고해놀이' 나 '추장놀이' 와 같은 놀이의 장치가 등장하기도 한 것입니다.

이태동 이 작품 가운데서 철훈의 애인 격인 신혜가 벗어놓은 양말과 함께 비오는 날 발톱을 깎는 것에 대한 언급이 한두 번 나옵니다. 저는 이것들이 나타내는 상징이 '장군의 수염' 과 관계가 있다고 보았습니다. 작가로서 선생님의 말씀을 듣고 싶습니다.

이어령 신체성은 카메라의 피사체와 같은 것으로 이 소설의 중요한 모티브를 이루고 있어요. 철훈이의 유아 때에 인두로 화상을 입은 흉터라든가 신혜가 벗어놓은 양말에서 구렁이가 껍질을 벗어놓은 것을 연상하는 것, 자기 몸의 일부인데도 마치 타자의 것처럼 발톱을 깎고 있는 뒷 모습과 같은 장면은 일종의 존재의 거리에서 오는 쓸쓸함과 외로움 같은 이미지를 자아내지요. 다시 말하면 존재의 결핍 빈구석 비가 내리고 있는 그 지루하고 답답하고 외치고 싶은 검은 구름장이 낀 우리들의 존재와 존재 사이의 거리와 같은 것들을 이미지와 상징으로 계속 추적하려고 한 것이지요.

그러나 딱 "이 장면은 바로 이것을 나타내려고 한 것이다"라고는 작자인 나도 한마디로 수학문제처럼 정답을 알려드릴 수는 없습니다. 만약 그런 해답을 가지고 있었다면 무엇 때문에 소설로 썼겠어요. 차라리 직접적으로 숨어 있는 의미를 투명한 산문으로 밝히는 비평을 쓰는 쪽이 좋았겠지요.

소설은 해답기능이 아니라 실은 질문기능, 재현성과 하이데거가 말한 개시성(겉으로 들춰 보이는 것)이지요.

이태동 저는 이 작품을 읽을 때 '소설이 역사의 내면구조다'라는 사실을 다시금 절감했습니다. 추리소설 형식, 특히 '이야기 속의 이야기'라는 이른바 액자소설의 프레임을 사용해서 시점(視點)을 객관화시키면서, 소설의 배경이 되는 역사적 상황전개와 작중인물의 내면세계 탐색 등을 독자들에게 보여주는 전략은 미학적으로 새롭고 신선했습니다. 이러한 소설구성을 하시게 된 아이디어는 어디서 얻으셨습니까? 선생님께서 직접적으로 창안하신 것은 아니신가요?

이어령 이 소설은 여러 사람의 시점을 통해서 전개됩니다. 고정된 시점이 아니라 소설을 꾸려가는 시점이 동적이고 다시점의 복합성을 띠고 있습니다. 말하자면 나레이터인 작가의 시점, 형사의 시점, 그리고 신혜 혹은 주인공 자신의 편지와 일기 등으로 철훈이 당사자의 시점까지 하나의 죽음에 대해서 수많은 시점에서 이야기가 전개되지요.

그러니까 스토리상으로 보면 철훈이가 자살한 것인지 타살인지 하는 애초의 궁금증, 즉 외면적 추리소설적 관심은 독자의 시야에서 사라지게 됩니다. 시점 자체가 서로 부딪치고 어울리고 단편적으로 모자이크처럼 결합되면서 철훈이라는 한 인물과 그 죽음을 독자의 의식 표층으로 떠오르게 하는 수법이지요. 그래서 당시 이 소설이 영화화하여 상영되었을 때 관객들의 반응 가운데는 "철훈이는 누가 죽인 거야 신혜가 범인이야?"라고 어리둥절 하는 사람도 있었습니다.

그러나 생각해 보세요. 도스토예프스키의 「죄와 벌」도 일종의 추리소설적 양식을 띠고 있지요. 하지만 실제로는 말씀 하신대로 역사의 내부, 보이지 않은 것에 대한 탐색이라는 것을 곧 알게 되잖아요.

형사가 등장하고 수사하는 이야기는 범인을 찾는 이야기가 아니라 철저한 외부적 사건으로 추적하는 시점, 외적 시점을 대표하는 것이고 그 극에 있는 것이 철훈이가 쓰려고 했던 「장군의 수염」이라는 소설속의 시점이라고 할 수 있지요.

퍼시 라복의 이야기대로 소설의 의미 외 기법을 좌우하는 것은 바로 그 시점의 설정에 의해서 결정되는 것이라고 할 수 있어요. 누가 이야기하는가가 무엇을 이야기하는가보다 더 중요하다는 사실을 많은 소설가들이 잊고 있지요.

이태동 이 작품의 중심인물인 철훈을 죽음으로 몰아넣은 것은 부조리한 사회상황이란 점은 부인 할 수 없습니다. 그러나 그가 골방과 같은 닫힌 공간인 암실에서 나체사진을 현상하는 것은 내면적인 자아탐색의 의미를 상징적으로 나타내고 있는 듯합니다. 그의 자살도 이것의 연장선상에 놓여 있는 문제로 읽을 수도 있을 듯합니다. 그래서 이 작품은 대부분의 고전적인 작품의 경우처럼 사회적인 문제뿐만 아니라 존재론적인 문제를 함께 탐색하는 미학적인 결과를 가져오고 있습니다. 선생님, 여기에 대해서 말씀해 주십시오.

이어령 철훈이를 신문사 카메라 맨으로 설정한 것. 그리고 암실작업— 혼자서 어두운 방에서 현상작업을 하는 것. 인화지 위에 차츰 모습을 나타내기 시작하는 피사체의 의미 — 이것이 그대로 철훈이의 삶의 본질 존재를 보여주는 압축된 풍경이라고할 수 있어요. 그는 신문기자이므로 사회의 외면적인 사건현장을 추적하고 카메라에 담지만 동시에 자신의 내면의 사건 존재의 영상을 추적하고 그것을 혼자서 외롭게 암실작업을 하고 있는 내면적 삶을 갖고 있는 캐릭터입니다. 신문기사와 소설의 허구만큼이나 다른 두 세계가 교차되어 있습니다.

그러기 때문에 이것은 5·16혁명 이후 모든 사람들이 '장군의 수염'을 기르고 동조하면서 자신의 얼굴을 잃어가는 정치적 상황을 담고 있으면서도 정치와는 관계없이 수천년 동안 인간에게 부과된 수수께끼이자 질문인 개인의 실존문제를 담고 있지요.

맨 처음 형사가 나타났을 때 소설가의 신경을 건드린 것은 달랑달랑 매달려 있는 단추였습니다. 나와 타자 사이에 존재하는 사물의 의미가 첫 장면에 이미 암시되어 있지요. 그리고 형사가 소설가의 담뱃재에 대해서 언급하는 것 등이 바로 실존적 삶을 부각하는 타자와의 관계를 묘사한 대목들입니다.

이태동 선생님, 이 작품의 화자(話者)의 글쓰기와 중심인물인 철훈의 글쓰기가 서로 연결되고 있습니다. 다시 말하면, 화자는 글쓰기는 철훈이가 글쓰기를 통해 추구한 대상을 확대해서 다시금 탐색하고 있습니다. 이것은 마치 '기의'와 '기표'의 관계를 소설 공간에 옮겨 놓은듯 합니다. 선생님, 여기에 대해서 말씀해 주십시오.

이어령 형사가 철훈이의 죽음을 수사하고 있는 것과 화자인 소설가가 철훈의 생을 추적하면서 글쓰기를 하는 것은 음악의 대위법처럼 이 소설을 끌고 나가는 둔주곡(遁走曲) 같은 효과를 내기 위해서 마련된 장치지요. 이러한 대조를 통해서 존재를 내면에서 추구해가는 프로세스와 사건을 밖에서 추적하는 수사의 프로세스가 결국 마지막에는 원근법의 소실점처럼 마주칩니다. 그것이 크리스마스 씬이고 형사가 매우 허탈한 모습으로 캐롤속으로 사라져 가는 장면이지요.

작가 역시 킹 승정의 시속에 파묻히게 됩니다. 박철훈을 죽게 한 범인은— 이러한 물음은 작가에게나 형사에게나 어떤 종교적인 것으로 매몰되어 갑니다. 수염이 산타크로스 할아버지의 수염으로 변화해 가는 것이지요. 이를 통해 의미의 전환 죽음의 의미의 전환이 이뤄지는 겁니다. 소설의 끝은 항상 누구나 여운을 남기기 위해서 결론같은 것을 묻어두려는 상투적 수법에서 나 역시 자유롭지 못했던 것이지요. 좀더 대담했더라면 이와같은 해결 비슷한 결론 장면도 아예 쓰지 말았어야지요.

이태동 「장군의 수염」은 선생님의 정신세계를 지배하고 있는 아나크로니스트들에 대한 저항을 또 다른 상황에서 형상화하고 있는 듯합니다. 철훈은 선생님이 이상(李箱)에 대해서 쓰신 글 '날개를 잃은 증인'의 또 다른 얼굴같습니다. 어떤 평론가는 철훈이 현실과 싸우지 않고 도피해서 자살한 것을 도덕적으로 실패했다고 비판합니다. 여기에 대해서 말씀해 주십시오.

이어령 언어 자체가 도피이지요. 우리가 살고 있는 현실은 상징적인 것. 즉 언어의 기호같은 것이 아니라 비린내가 나고 할키면 피가 흐르고 밟으면 꿈틀하는 사물로 되어 있지요. 현실과 싸우지 않고 자살하였으니 도피라고 하는 사람은 킬리로프의 자살 역시 도피라고 할 것입니다.

이상의 소설의 「날개」의 나를 도피주의로 몰아세우고 데카당(décadent)으로 규정하는 사람들처럼말입니다. 피상적인 정치면의 기사를 상대로 싸우는 사람은 실상 존재의 아픔이나 존재에 대해서 싸워보지도 못한 사람들이지요. 그들이 아는 것은 경제의 분배 정치의 권력의 분점 등 돈과 권력을 놓고 싸우는 사람들이니까요. 그런 사람들은 존재를 가리는 수염과 싸워보지도 못했으니 패배할 수도 없지요. 철훈이의 죽음은 바로 존재 문제에 돌격하다가 전사한 것처럼 장엄한 패배라고 할 수 있지요. 도피자가 아니라 훈장감입니다.

이태동 선생님은 소설이론에 너무나 밝으십니다. 그래서 이론에 대한 지식이 너무나 많으시기 때문에 소설을 쓰셨을 때 많은 도움이 되었을 것으로 믿습니다. 그러나 다른 한편, 혹시 너무나 많은 이론적인 지식이 글쓰기의 자연스러운 흐름을 막을 가능성도 있다고 생각해 보았습니다.

라이오넬 트릴링(Lionel Trilling)과 에드먼드 윌슨(Edmund

Wilson)같은 저명한 미구의 평론가들의 경우, 그들은 훌륭한 소설 작품을 남겼지만, 그것들이 그들이 쓴 엄청난 양의 시대를 풍미한 비평문 때문에 크게 빛을 보지 못했습니다. '머리'와 '가슴'을 조화롭게 성공적으로 결합한다는 것이 그렇게 쉽지 않은 것 같습니다.

이어령 소설가는 누구나 소설을 쓸 때 무의식적으로 소설의 이론을 생각하게 됩니다. 이때의 이론은 쓰고 있는 나를 바라보고 있는 또하나의 나, 즉 이성이지요. 창작할 때의 감정이나 직관 그리고 상상력은 언제나 또하나의 나의 시선에 의해서 억제당하기도 하고 다듬고 퇴고하는 '창조적 주저' 속에 처하게 됩니다.

저역시 이 소설의 구성을 보면 아시겠지만 거의 기하학적처럼 정체가 그물망처럼 얽혀져 있고 쇠고리에 의해서 연결되어 있습니다. 카메라 맨인 철훈이가 어렸을 때 수학여행에 가서는 피사체로서 말하자면 단체사진을 찍는 하나의 피사체로 실패하는 장면과 얽혀 있지요. 언더플롯을 깐 것입니다. 철훈은 함께 사진을 찍을 친구가 없어서 수학여행시의 사진찍기에서 소외된채 혼자서 숲속에 들어가 잠이 듭니다.

소외와 잠, 죽음, 그리고 관심도 없던 학생들이 실종된

자기를 찾기 위해서 소리질러 찾는 것. 이것이 프락털 구조로 전체 이야기를 압축하고 있지요. 그가 죽으니 형사들이 나오고 작가가 나와서 비로소 그에게 관심을 보여주는 것과 일치합니다

이러한 구조가 독자를 피곤하게 하고 소설을 재미로 엔터테인먼트로 삼으려는 소비자에게는 지루하게 느껴질 것입니다.

그리고 이렇게 말하겠지요. "홍 좋은 소설가 되기는 틀렸군. '아는 것이 병이야'"라고. 그렇다고 우리가 구미호 이야기에 익숙한 사람들에게 계속 그 호기심을 충족시키는 이야기꾼 노릇만은 할 수 없지요. 소설도 진화하는 생명체이니까요.

이태동 선생님의 연보에 의하면, 맨 처음, 그러니까 1955년에 쓰신 글은 「환상곡」이란 소설이었고, 서울 문리대 시절에는 「소돔의 성(城) 속에서」와 「여름 풍경 2」를 쓰셨고, 뒤에 「암살자」와 같은 탁월한 작품을 남겼습니다. 혹시 전업 작가로서의 길을 걷고 싶으셨을 순간은 없었는지요. 여기에 대해서 말씀해 주십시오.

이어령 나는 단지 글을 쓸 뿐 '소설가다 비평가다 에세이

스트다'라는 장르에 대해서는 무관심합니다. 엄격하게 말해서 나는 내 자신을 위해서 글을 쓰지요. 내가 보려고 읽으려고 글을 쓰는 것입니다 나에게 있어서 최고의 독자는 바로 나 자신인 것이지요. 쓰는 기쁨과 읽는 기쁨— 이 즐거움을 빼놓으면 나는 빈 껍데기에 불과합니다. 사회를 위해서 조국과 민족을 위해서 글을 쓰시는 분, 고결한 인격과 훌륭한 시민으로서 종경받는 작가 문인들이 많이 있지요. 그러나 나는 한번도 그런 사람으로 기억되기를 원치 않았지요.

　나 혼자도 주체못하는 데 어떻게 남을 위해서 더구나 그 큰 민족이나 국가의 집단을 위해서 글을 쓰나요. '마담 보바리는 나다'라고 플로베르가 이야기했다고 하지만 철훈은 '나다'라고 말할 수밖에 없지요. 철훈처럼 나는 하루에도 몇 번씩 죽습니다. 글 쓰기가 그러한 죽음을 하루치씩 연장해 준다고나 할까요.

　말하자면 「장군의 수염」같은 소설을 지금도 매일 써요. 매일 밤 어둠속에서 쓰고 있지요. 비록 문자화 활자화가 되지 않았지만 말입니다.

이태동 선생님, 장시간 동안 감사합니다.

이어령 캐리커처(이석조, 1993년)

부조리 상황과 인간의 존엄

이태동_ 문학평론가·서강대 명예교수

실제로 그 무대는 전혀 어둡지 않다. 그것은 대낮의 햇빛으로 가득 차 있다. 사람들이 눈을 뜨지 못해 보지 못하는 이유는 바로 그것 때문이다. — 프란츠 카프카

고전(古典)은 시간과 공간을 초월한다. 그러나 그것에 대한 해석과 평가는 시대에 따라 다를 수가 있고 또한 다르다.

비록 오늘날 세계 문학사에서 고전으로 평가되고 있는 작품도 그것을 쓴 작가가 생존해 있을 당시에는 전혀 비평적인 평가를 받지 못했었는가 하면, 작가가 생존해 있을 당시 높이 평가를 받았던 작가가 사후에 전혀 높이 평가를 받지 못하고 있는 경우가 있다.

가령, 미국 작가인 업턴 싱클레어와 존 스타인벡은 그들이 생존할 당시 노벨 문학상을 받았었지만, 그 작품들은 오늘날 정전(正典, cannon)으로 높은 위치를 점유할 만큼 그렇게 높이 평가받지 못하고 있다.

이와 반면, 조이스와 카프카는 그들이 생존할 당시 노벨 문학상은 커녕, 그들의 작품을 인쇄하기조차 힘들었다.

그러나 그들이 죽고난 후 세월이 어느 정도 지남에 따라 그들의 작품들은 20세기 최대의 걸작품으로 평가받았다. 조이스와 카프카가 당대에 그렇게 평가를 받지 못했던 것은 예술적인 취약성 때문이라기보다 주제나 기법 면에서 너무나 전위적이었기 때문이었다. 그러나 인간의 의식이 시간의 흐름과 더불어 발전함에 따라, 시각의 차이는 아직까지 남아 있겠지만 이들 작품들은 그것들의 주변에 거미줄처럼 쳐져 있는 '아나크로니스트의 독소적인 분비물'에서 벗어날 수 있었다.

오늘날 서구(西歐) 비평계에서 널리 논의되고 있는 문학사(文學史)의 정전에 관한 문제가 중요한 관심사로서 떠오른 것은 위에서 언급한 사실과도 깊은 관계가 있다고 하겠다. 그것은 문학적인 가치는 있지만 정치적인 이유로 억눌려서 묻혀져 있거나 잘못 평가된 작품을 다시 찾아서 바로 잡아 문학사 속에 제위치를 찾아주자는 것이다.

이러한 현상은 우리 문학의 경우에도 예외가 될 수 없을 것 같다. 가령 이어령의 「장군의 수염」은 그것이 출간되었을 당시에는 물론 지금까지 응분의 비평적인 평가와 조명을 받지 못했다. 이것은 이어령이 전업작가가 아니고 교수이고 평론가이며 또한 언론인이었기 때문인지도 모른다.

그러나 그것보다 더욱더 큰 요인은 이 작품이 전통적인 작품과는 달리 시대를 앞서가는 전위적이고 자의식적인 요소를 강하게 지니고 있기 때문이 아닌가 한다. 또 어떻게 생각하면 이것은 우리 문단에서 오랫동안 가장 중요시되고 있는 지극히 획일적이고 편향적인 리얼리즘적 시각 때문인지도 모른다.

사실 그동안 우리 비평계는 경직된 도덕주의와 교조주의적인 주장 때문에 부조리한 사회현상과 존재의 모순된 구조에 관심을 둔 자의식적인 국외자(局外者)를 다룬 작품에 대해서는 유난히 인색해왔다.

정작하게 따지고 보면, 60년대에 『세대』지에 발표된 이어령의 「장군의 수염」은 최인훈의 「광장」과 김승옥의 「무진기행」 등과 함께 그 시대를 대표할 수 있는 문제작이다. 차이가 있다면 전자는 문학평론가가 전위적인 스타일로 쓴 작품이고 후자는 전업작가가 전통적인 스타일로 쓴 작품이다. 당시에 무수히 발표되었던 다른 작품들과는 달리 이 작품은 카프카의 「성(城)」이나 「심판(審判)」의 경우처럼 사회적이고 역사적인 문제를 다루면서도 존재문제를 깊이 천착하고 있다.

그러나 불행히도 이어령의 작품은 60년대 이후에는 지나치게 경직된 자연주의 내지 리얼리즘의 물결로 인해 충분한 비평적인 주의를 끌지 못한 채, 문학사 속에서 정당한 위치를 차지하지 못하고 깊이 묻혀져 있다.

어떻게 생각하면, 이어령의 대표작 「장군의 수염」은 그동안 이 작품의 프로타고니스트인 김철훈의 경우에서처럼 우리 사회를 지배하고 있는 부조리한 어떤 거대한 힘에 의해 부당하게 소외되어 왔다고 말할 수 있겠다.

아무튼 비극적이면서도 희극적인 페이소스를 짙게 깔고 있는 「장군의 수염」은 60년대를 살았던 김철훈이라는 국외자의 의심스러운 죽음의 문제를 대단히 민감하고 자의식적인 차원에서 다루고 있다. 그래서 독자에 따라 이 작품에 사회성이 결핍되어 있다고 말하겠으나, 우리가 조금 더 균형 있는 시각으로 살펴보면, 이 작품은 그것대로의 충분한 논리를 지니고 있기 때문에 다른 어느 리얼리즘 작품 못지 않게 강한 사회성을 지니고 있다는 것을 발견하게 될 것이다.

무조건 사회적인 것이 옳고 개인적인 것은 옳지 않다고 생각하는 것은 인간이 궁극적으로 보다 나은 사회발전을 이룩하는 데 결코 도움이 되지 못한다. 개인이 모여서 사회를 형성하지만, '구성의 모순'은 있을 수 있다. 한국 근대사와 현대사에서 혼돈스러웠던 사회가 뜻있고 의식 있는 개인의 주장보다 나았던 것도 없었을 뿐만 아니라 많은 사람들을 의미없는 전쟁으로 몰아 넣었다.

작품 「장군의 수염」은 그 구조적인 면에서나 주제적인 면에서 종래의 우리의 전통적인 소설과는 자못 다르다. 우선 이 작품은 '이야기 속의 이야기'라는 이른바 액자소설 형식을 곁들인 추리소설 형식을 취하고 있다.

다시 말하면, 이 작품은 어떤 형사가 프로타고니스트인 김철훈이란 신문사 사진기자의 미심쩍은 자살사건에 대한 의문을 풀기 위해서 소설가인 화자와 심문 아닌 심문이라는 대화를 나누는 데서 시작된다.

화자인 소설가는 자기 자신의 소설 소재를 구하는듯 하면서도 자살 원인을 집요하게 추구하는 형사의 물음에 답하는 형식으로 이야기 속의 프로타고니스트인 김철훈과 만남에 대한 기억, 그가 남긴 일기장 탐독, 그리고 그의 어머니 및 그와 동서생활을 했던 나신혜라는 여인의 증언을 통해 그가 태어나서 죽을 때까지 삶에서 일어난 여러 가지 결정적인 순간의 장면들을 모자이크 형식으로 재구성하고 있다.

물론 이 작품은 대부분의 액자소설의 경우와 마찬가지로 화자가 그의 대화의 상대자에게 소설의 내면구조를 형성하고 있는 프로타고니스트의 삶과 죽음의 원인을 밝히는 형식으로 이야기를 전개한다.

그러나 독특한 점은 화자가 프로타고니스트의 직접적인 대화를 통해서가 아니라 그가 남긴 소설 쓰기에 관한 편지와 일기를 통해서 그의 과거에 대한 문제를 파악하는 것이다. 그래서 화자의 글쓰기는 프로타고니스트의 글쓰기와 일치될 뿐만 아니라 그의 글쓰기를 확대해서 완성시키는 결과로 나타난다.

결국 이것은 두 사람이 사회문제와 존재문제에 대해서 추구하고 있는 것이 일치되거나 같은 퍼스펙티브 속에 있어서 부조리한 현실에 대한 기표적인 행위의 연속작용으로 나타난다. 주제적인 측면에서 이 작품이 나타내고 있는 다른 하나의 특징은 작가와 일치되는 듯한 화자가 사회적 시각에서 진실된 한 사람의 인간을 바라보는 것이 아니라, 순수한 개인적 시각에서 부조리한 사회와 존재현상을 바라보는 것이다.

이 작품을 쓸 당시 혼돈스러운 사회 상황과 부조리한 현실에 의해 너무나 큰 시달림을 받고 상처를 입었기 때문인지, 작가는 그의 소설에서 가끔 언급한 것처럼 개인과 집단 간의 갈등에서 오는 실존적인 고뇌를 다루는 문제에 있어서는 카프카와 대단히 유사한 면을 보이고 있다. 카프카는 집단적인 사회가 순수한 개인의 절대적인 자유를 억압한다고 보고, 지상의 유토피아는 가장 확실한 개인주의가 『심판』의 요제프 K의 경우처럼 실현될 때 가능하다고 생각했다.

그에 의하면 불완전한 집단이 개인의 확고하고 진실된 존재를 파괴해서, 개인의 삶이 절대적인 것에 기초를 두지 못하고 표류하고 있다. 또 카프카는 개인이 고독의 두려움 때문에 집단에 피난처를 너무나 자주 구해서 자신을 상실한다고 생각했다. 그래서 그는 인간이 지상(地上)의 현실 세계에서 완전한 이상을 실현하기 위해서는 자기 자신의 삶 속에서 가장 깊은 자아로서 존재할 수 있는 용기를 가져야만 하고, 또 그와 같은 확고한 믿음을 가지기 위해서는 허위적인 믿음을 버려야만 한다고 생각했다.

즉 이 작품은 60년대를 살았던 작가가 식민지시대로부터의 해방 전후와 6·25전쟁 그리고 군사혁명이라는 쿠데타에 이은 일련의 부조리한 역사적 사회상황이 김철훈이라는 지식인을 비롯하여 그의 주변에 있는 순수하고 진실된 인간들을 어떻게 짓밟고 또 죽음으로 몰아넣었는가를 단층적으로 조명하면서 거기에 드리워진 그 우울한 그림자를 집요하게 탐색하고 있다.

이 작품의 중심인물이 그를 억압하는 사회로부터 도피해서 스스로 자살하는 것은 사회로부터의 단순한 도피가 아닌, 사회에 대한 방어적인 저항일 뿐만 아니라, 그의 비전과 상상력 속에서 순수한 인간가치를 지키며 그것을 보호하여 발전시키려는 처절한 몸짓이다.

자의식이 대단히 강한 문제의 지식인인 프로타고니스 김철훈은 '장군의 수염'이 나타내고 있는 어떤 부조리한 거대한 힘의 희생자이다. 그러면 '장군의 수염'이 나타내고 있는 우의적(寓意的)인 의미는 무엇인가. 그것은 우선 그 이미지가 말해주듯 어떤 거대한 권위주의적인 힘을 말해주고 있다.

그러나 작가가 그것을 '장군'이라고 표현하지 않고 '장군의 수염'이라고 표현한 것은 그것이 낡고 아나크로니스트적인 힘을 의미함과 동시에 자연주의적이고 원시적인 힘을 나타낸다고 하겠다. 철훈은 그 힘을 자신은 물론 그의 형 그리고 순수한 인간적인 힘으로 살아가려는 다른 진실된 사람들의 인간의지를 단절시키고 억압하는 거미줄과도 같은, 무의식적인 암흑세계의 덫이라고 보았다.

그가 길에서 사람들을 만나 무엇을 물어도 수염들은 모두들 피해 달아나는 것 같았다. 그리고 밤이 되면 수염들은 복수하러 온다. 밤마다 악몽을 꾸는 것이다. 긴 수염들에 얽혀 숨을 쉴 수 없게 되는 꿈이다. 어디를 가나 수염이 쫓아오고, 그 수염의 밀림은 달아나는 그의 목을 감아버린다. 그는 거미줄에 얽힌 나비처럼 수염 속에서 허우적거리다가 눈을 뜨곤 했다.

여기서 말하고 있는 '장군의 수염'은 도스토예프스키와 카프카의 작품 등에서 언급되고 있는 인간의 이성 뒷면에 자리잡고 있는 눈멀고 귀먹은 어떤 암흑적인 힘을 의미한다. 다시 말하면, '장군의 수염'은 거대한 절대적인 힘을 나타내는 장군과 반 인간적인 자연주의적, 무의식적 본능이 상징하는 수염이 결합된 형태이다. 그래서 그것은 인간의 얼굴 모습을 하고 있으나 우주 가운데에서 인간적인 의지와는 상관없이 맹목적으로 움직이는 무의식적인 의지와도 같은 거대한 검은 존재의 마스크이다.

철훈이 대낮에 눈을 뜨고 깨어났을 때 그것은 사라졌지만 어둠이 찾아오는 밤이면 꿈 속에 수염의 모습으로 그의 목을 감는다는 것은 이러한 사실을 말해준다. 그래서 작가는 쿠데타가 일어났을 때 거리에서 거리를 행진하는 군대를 움직이는 것은 '장군' 이 아니라 '장군의 수염' 이라고 말하고 있다.

그런데 혁명군들은 오랫동안 산 속에서 숨어 살았었기 때문에 수염을 깎지 못한 얼굴… 모두들 구레나룻과 턱수염을 기른 채로 나타났다는 거죠. 그때 사람들은 무엇 때문에 혁명이 일어났는지? 장차 나라 일이 어떻게 될 것인지? 하는 문제보다도 혁명군의 행진을 지휘하고 있는 '장군의 수염' 만을 가지고 화제들을 삼았다는 겁니다. 장군도 역시 똑같은 수염을 기르고 있었지만, 그의 수염은 가위로 잘 다듬어 놓아서 한층 더 멋지게 보였던가 봅니다.…

혁명이 일어난 다음부터 사람들은 '장군의 수염' 과 똑같은 형태의 수염을 기르기 시작한 것이다. 민간인으로 혁명내각에 들어간 사람들은 앞을 다투어가면서 수염부터 기르느라고 야단들이었다.

작품 해설 / 부조리 상황과 인간의 존엄

분명히 여기서 희극적이며 우의적인 터치로 묘사되고 있는 수염은 지성적이고 인간적인 의지와는 거리가 먼 원시적이고 자연주의적인 것으로서 밀도 짙은 풍자의 대상(對象)이 되고 있다. 혁명이 일어났을 때 '위로는 대학총장을 비롯하여 아래로는 리어커꾼에 이르기까지 모두들 수염을 기르고 거리를 행진' 했지만, 프로타고니스트인 김철훈이 그것을 기르기를 거부한 것은 그에게는 그것에 대항하려는 인간적인 의지와 양심이 있었기 때문이다.

철훈이가 '장군의 수염'에 대해 이렇게 저항감을 보인 것은 그가 인간적인 양심을 가지고 있는 지식인이었기 때문만이 아니라, 어릴 적부터 아나크로니스트적이고 반인간적인 어떤 힘에 의해 크게 상처를 입었기 때문이다.

이를테면, 그가 과거에 전혀 예기치 못했던 두 개의 큰 사건이 갑자기 일어나 그의 삶을 결정하는 요인으로 작용했다. 그가 태어난 지 얼마 되지 않아서 무서운 노(老)할머니의 시집살이를 하던 어머니가 밤늦게 바느질을 하다가 너무나 고단해서 깜박 잠이 들어 잠결에 그만 그의 이마를 지져서 보기 흉한 심한 상처를 입혔다. 겉으로 보기에는 그의 흉터는 단순히 예기치 않은 사고 같지만, 따지고 보면, 노할머니가 비이성적이고 비인간적인 힘의 지배를 받고 어머니를 학대한 결과에서 비롯된 것이다.

또 다른 하나의 사건은 땅이라는 이름의 물신(物神) 때문에 남다른 인간의식을 가졌던 그의 형이 자연주의적인 가치관을 나타내는 지극히 완고한 아버지와 심한 갈등을 일으켜 비오는 날 끌려가서 죽은 것을 본 것이다. 작가의 시각이나 철훈의 시각으로 볼 때 철훈의 형은 두 번씩이나 비인간적인 기계적 힘에 의해서 희생된 사람이다.

철훈이가 어릴 때 그렇게 좋아하던 형은 해방 직후 공산주의 사상에 물들어 소작인의 젊은 아들들을 모아 당을 만들었다. 그의 형은 대단히 인간적인 사람이었지만 이념의 노예가 되어 빨치산으로서 싸우다가 공산주의 체제가 지니고 있는 비인간적인 기계적인 힘에 의해 추방을 당함은 물론, 땅 때문에 완고한 그의 아버지에 의해서도 버림을 받아 불행한 죽음을 당한다.

훨씬 뒤에 일어난 일이죠. 반자에서 쥐들이 철썩거리며 떨어진 날 밤이었어요. 비바람이 치고 있었지요. 비를 흠씬 맞고 2년 만에 형은 집으로 다시 뛰어든 거예요. 빗방울을 튀기면서 짐승같이 떨고 있었어요. 나를 숨겨 달라고 하면서 누군가를 몹시 욕하고 있었답니다. 그놈 때문에 나는 죽는다고도 했고, 이제 난 빨갱이도 뭐도 아무것도 아니라고 헛소리처럼 떠들어 댔어요. 그때 무슨 일이 있었는지는 지금껏 우리도 모르고 있었어요. 어쩌면 철훈이는 알고 있었는지 몰라요.…

아버지는 그를 보자 곧 밖으로 끌어냈다. 형은 비를 맞으며 무릎을 꿇고 빌었지만 그의 아버지는 용서하지 않았다.

"난 널 용서할 수 있다. 그러나 조상은 용서하지 않을 것이다"라고 하며 나가라고 했다.

철훈도 형 옆에 꿇어앉아 같이 비를 맞으며 애원을 했다. 이제는 조상의 땅들도 토지개혁으로 다 잃었으니 형님을 용서해 달라고 했다. 그것이 도리어 아버지의 비위를 건드렸던 것이다. 토지개혁 소리를 듣자 아버지는 미친 사람처럼 되었다.

저런 사상을 가진 놈들 때문에 토지개혁이 되었다는 것이다. 조상들 앞에 낯을 들지 못하게 된 것도, 세상이 이렇게 변하게 된 것도 모두 저놈들의 탓이라고 했다.

철훈은 위에서 말한 두 종류의 인간적이고 부조리한 사건 때문에 외부세계와의 접촉을 꺼리고 장군의 수염에 휘몰리는 병자가 되고 말았다. 시각에 따라 철훈의 이와 같은 행동은 건강하지 못한 도피적인 행위로 볼 수 있다. 그러나 그의 행동은 결코 도덕적으로 문제가 있는 병리적인 현상이 아니다. 물론 그가 어릴 적 인두자국으로 심한 상처를 입은 후 늘 심심해하며 집 밖을 나가지 않고 혼자서 골방에 들어가 몇 시간을 숨어 있을 때도 많았다.

그러나 그에게 있어서 골방은 자연주의적이고 원시적인 힘이 지배하는 동굴이나 플라톤적인 동굴과는 달리 인간의 지와 인공적인 힘으로 만든 도스토예프스키의 벽처럼 인간 존재를 악성기후로부터 보호하도록 가르치는 실질적인 이성의 결실로서 비좁고 냉혹한 영원한 양심의 감옥을 의미한다.

철훈이가 형이 비오는 날 아버지에게 버림을 받고 끌려나가는 것을 보고난 후, 앓았던 병은 좋지 못한 의미로서의 질병은 아니다. 그의 병은 앞에서 언급한 골방의 이미지처럼 이 작품의 전편에서 나타나고 있는 도덕적이고 환상적인 모티브이다.

이것은 도스토예프스키가 쓴 「지하실의 수기」의 프로타고니스트가 쓴 다음과 같은 말에 의해서도 크게 뒷받침되고 있다.

'나는 수없이 벌레가 되기를 바랬었다고 여러분에게 엄숙하게 선언합니다…. 신사 여러분, 맹세코 너무나 많은 양심은 병입니다. 실제로 독특한 병일 뿐입니다.'

또 이것은 도스토에프스키의 다른 작품 「백치(白痴)」에서 죽어가는 아폴리트가 고통스러운 정신착란 속에서 화가 홀바인이 그린 '죽은 예수'의 비전에 시달리고 있는 다음과 같은 장면에 의해서도 설명될 수 있겠다.

'이러한 그림을 보는 사람들은 자연을 하나의 거대하고 무자비한 무언의 짐승으로 이해한다… 보다 정확히, 보다 올바르게 말한다면, 비록 이상하게 들리지만 우둔하고 무감각한 그것은 대단히 값진 존재, 즉 모든 자연은 물론, 자연법칙의 값어치와도 같은 어떤 존재를 아무런 의미없이 움켜쥐고, 짓눌러 삼켜버리는 가장 현대적인 건축물로 된 거대한 기계로 되어 있다… 그 그림은 사람들에게 모든 것이 그것에 복종하는 어떤 어둡고, 오만하며 비합리적인 영원한 힘에 대한 개념을 표현하며 또 무의지적으로 암시하는 것 같다… 나는 거의 그 맹목적인 힘, 모호하고 말이 없으며 귀먹은 존재를 보는 것 같다. 또 촛불을 들고 있는 어떤 사람이 나에게 어떤 불유쾌한 거미를 보여주고, 실제로 그것이 그 무섭고 맹목적이며 전지전능한 존재이며 또 나의 경멸에 대해서 웃고 있다고 나에게 확신시켜주는 것 같다고 나는 기억한다.'

여기서 이야기한 이미지는 카프카의 예술에서도 언급되

는데 이것은 우리들을 '존재의 하수로를 통해 내려가게 해서 지하에 있는 양심의 미로 속으로 안내한다.' *

어린 시절에 두 개의 무서운 사건에 외상을 입은 철훈이가 성장해서 사진부 기자로서 생활하면서 암실에 대해 많은 관심을 기울이는 것도 그가 내면 깊숙이 있는 양심의 영역에서 살고 싶다는 것을 상징적으로 나타내 주고 있다.

암실에 들어오면 내가 완전히 혼자라는 데에 안심한다. 대낮— 밖에서는 햇볕이 내리쬐고 사람들은 그 휘황한 광채 속에서 물고기처럼 헤엄치고 있을 것이다. 그러나 나만이 광선과 소리와 외계(外界)의 공기를 두절한 밀폐된 암실에 이렇게 서 있는 것이다. 깜깜한 어둠 속에 둥근 달 모양의 형광판(螢光板)이 파란빛을 던진다. 그것은 저편 벽 너머의 딴 세상으로 향하는 출입구같이 보인다.

하이포산의 새콤한 냄새와 어둠과 형광과 인광의 비늘이 돌아가는 타임워치의 소리와… 아! 여기는 영원, 영원히 잠들어 있는 피안의 세계다. 암실작업은 나를 해방시켜 준다.

---

* Renato Poggioli, *The Spirit of The Lettre: Essays in European Literature* (Cambridge: Harvard University Press, 1965), p.263 참조

이렇게 철훈은 양심의 세계 속에서 살면서 부조리한 현실과의 갈등을 끊임없이 계속한다. 그가 신문사 사진부 기자로서 일하게 된 것 역시 이와 같은 그의 노력의 연장선상에 있다. 이것은 그가 신문사 사진기자로서 비밀 댄스홀을 취재 나갔다가 불꽃처럼 타오르는 검은 눈을 가진 나신혜라는 여인이 경찰에 붙잡혀 가면서 절망적으로 부르짖으며 부탁한, 비참하고 절박한 그녀의 아버지 나 목사에게 보인 뜨거운 인간애를 통해서도 알 수 있다.

나 목사는 이북에서 내려온 피난민으로서 6·25전쟁 때 피난가지 않고 남아 있다가 북에서 온 사람들에게 심한 매를 맞아 반신불수가 된 사람이었다. 나신혜에 대한 그의 사랑과 동정도 마찬가지였던 것이다. 나신혜는 1·4후퇴 때 아버지의 권고로, 그녀가 좋아하던 이웃집 대학생과 부산으로 피난길에 올랐다.

그러나 불행히도 도수 높은 안경을 쓰고 있던 그의 애인이었던 꽃다운 그 젊은 청년이 군용 트럭에 실려 전쟁터로 끌려 나가는 비극을 본다. 그후 나신혜는 영등포의 여직공들과 어울려 RTO 군용 화물차를 타고 부산으로 내려가려고 하다가 미군 흑인 병사에 의해 검은 저탄장으로 납치되어 끌려가서 무참히도 성폭행을 당한다. 말하자면 나신혜는 '그녀의 처녀성을 차표 한 장'과 바꾸었던 것이다.

전쟁터에서 피난을 나갔다가 이진이라는 그의 유일한 친구를 뜻없이 잃은 경험이 있는 철훈은 그들 역시 맹목적으로 움직이는 어떤 거대한 검은 존재의 희생자들이라는 사실을 발견하고, 그들의 상처를 비집고 신혜의 마음을 파고들어갔다.

아! 상처, 그것은 무엇일까? 영혼의 깊숙한 어둠 속에서 입을 벌리고 있는 그 상처는 무엇일까? 그것을 알면 아주 낯선 사람도 자기의 친구가 될 수 있을 것이다. 우리는 예수처럼 훌륭하지 않다. 그러나 우리도 그와 똑같은 상흔을 가지고 산다. 우리는 예수처럼 부활의 기적을 보일 수는 없다. 그러나 우리는 예수와 똑같은 부활의 증거, 그 생생한 상흔을 가지고 있다. 나 목사는 상처의 의미를 나에게 가르쳐 주었고, 신혜는 그 상처를 나에게 만질 수 있게 했다.

나는 지금 외롭지 않다.

그 결과로 나 목사가 죽게 되자 심한 충격을 받은 철훈은 표류하는 배의 선실에서와도 같이 나신혜와 '동서(同棲)' 생활을 하면서 양심에 한점 부끄러움도 없는 세계를 꿈꾸면서 이른바 '고해놀이'와 '추장놀이' 등을 하며 추상적인 이상향을 추구한다. 그러나 그의 생활은 반드시 나신혜가 말했던 것처럼 추상적이었던 것만은 아니었다. 물론 화자 역시 그의 추상적인 태도에 대해서는 비판적인 태도를 보였다.

그러나 그는 다만 자연주의적인 잔혹한 현실로부터 벗어나서 뜨거운 휴머니즘이 담겨있는 보다 인간적인 세계를 추구했을 뿐이다. 문제는 그가 그때마다 그의 정직하고 이상적인 행동이 벽에 부딪치게 되자 현실세계로부터 소외의 길을 걸어야만 했던 것이다.

결국 철훈은 그의 신문사 동료인 염상문이 자궁암으로 죽어가는 자기 부인의 손을 놓지 못해 현장에 나가서 확인을 하지 않고, 구제를 받지 못하는 이재민들의 참상에 대한 사진을 몽타주로 만들어 데스크에 돌렸다가 수사당국에서 조사를 나오게 되자, 염상문 대신 그 자신이 한 짓이라고 말해서 권고 사직을 당한다. 그래서 부조리한 현실에 대한 그의 자의식적인 반응은 점차 더욱더 민감해짐은 물론 극한적인 방향으로 나아간다.

이를 테면 그는 신문사에서 실직당한 후 자기가 여유 없는 사실이 부끄러워 버스 차장에게 작은 허세를 부린 것에 대해 깊이 후회하는가 하면, 가끔 유치원으로 가서 유치원 선생이 아이들로 하여금 짝짓기 놀이를 하게 해서 몇몇 아이를 소외시키는 행위에 대해 크게 분노했다.

그리고 그는 신혜와의 성적인 관계를 맺을 때에도 그것을 '고독한 배설작용'이라고 말한다. 그가 그의 성적 행위를 이렇게 표현한 것은 카프카와 이상(李箱)의 경우처럼 인간이 행하고 있는 동물적인 행위에 대해 극심한 자의식을 느꼈기 때문이다. 그래서 철훈이 직장을 나와서 신혜 곁을 떠나지 않고 있을 때, 신혜는 육체적인 욕망을 분출시켜 보고 싶어 했지만, 그럴 때마다 그는 신혜를 두려운 눈초리로 바라보았다. '동물의 귀소성처럼 현실의 육체를 애무하다가도 어두운 상상의 허공으로 날아가곤 했다.' 이러한 그의 자의식은 신혜가 철훈과 그 일을 한 후 권태로워서, 기계적으로 반복되는 자연법칙에 따라 생명을 살해하듯이 발톱을 깎을 때도 어김없이 나타났다.

그의 휴머니스트한 자의식적인 반응이 절정에 이른 것은 그가 신문사를 나온 후 마지막 직업으로 누드 사진을 찍어 잡지에 투고하는 일을 하다가 모델인 C양에게 카메라를 넘겨주었을 때이다.

그가 누드 사진을 찍었던 것은 생활의 방편을 위해서가

아니라, 자연과 다른 인간이 지닌 생명체의 아름다움을 밝히고 표현하려는 의도였을지도 모른다. 그러나 그가 모델 C양으로부터 다음과 같은 말을 들었을 때, 그 일마저 포기하고 만다.

C양은 처음 사람들 앞에서 옷을 벗을 때의 감상을 말하더군. 어떤 타락한 여자도 자기 육체를 남자 앞에 보이는 것은 꺼려 한다구 말이지. 그런데 대낮, 대낮 속에서 C양은 옷을 벗고 흰 살을 드러내 놓았던 거야. 살기 위해서 그런 짓을 한다고 생각하니까 눈물이 쏟아지더라는 거야. C양은 나보고 또 이렇게 말했어. "거꾸로 였어요. 나는 순서가 바뀌어 있었어요. 나는 남성을 알기 전에 먼저 육체의 부끄러움을 상실한 거랍니다"라고 말야. C양은 어금니를 깨물고 자신 있게 말했다는 거야. 나는 지금 시체이다. 하나의 숨쉬는 시체가 아니면 물건이다. 왜냐하면 내 손, 내 유방, 내 사지는 지금 본래의 목적을 상실해 가고 있는 것이다.

나신혜는 철훈이가 말한 이와 같은 이야기를 듣자 질투심이 섞인 이유 때문인지도 모르겠지만, 그가 현실이 아닌 '우화의 집' 아니면 '진공(眞空)의 방'에 머물러 있다고 생각하고 그의 곁을 떠나버린다.

작가는 끝까지 철훈의 사인(死因)을 명확하게 밝히고 있지 않고, 비밀스러운 안개 속에 묻어두고 있지만, 나신혜가 떠나간 후 그는 비정하고 더러운 도시 변두리에 있는 초라하고 허술한 셋방에서 연탄 가스에 의해 죽은 것으로 나타난다. 그가 자살을 한 것인지 또는 우연한 사고로 죽었는지는 아무도 모르지만, 그것은 그렇게 중요하지 않다.

만일 그가 우연한 연탄 가스 사고로 죽었다고 하면, 그는 살벌하고 비인간적인 자연주의적 환경의 힘에 의해 살해된 것이다. 또 그가 연탄 가스로 자살을 했을 경우도 마찬가지이다. 그런데 철훈이가 자살을 했다면, 그 원인을 두 가지로 해석할 수가 있겠다.

하나는 그가 부조리한 사회상황과 '장군의 수염' 이 나타내는 맹목적인 자연주의적 환경의 힘에 대한 죽음으로서의 저항, 즉 방어적인 희생자의 모습으로 나타내고자 함이고, 다른 하나는 비록 추상적이고 형이상학적이긴 하지만, 순수한 인간으로서 억울한 죽음을 당한 나 목사와 이진 등과 같은 속세를 벗어난 사람들과 함께 하고자 하는 욕망이다. 이것은 그가 자살하는 고통을 축복으로 바꾸어 놓는 역설적인 기쁨을 발견했기 때문인지도 모른다.

나를 위해 거기 있어주어요.

죽음의 골짜기에서 꼭 뵙시다.

더디 온다고 근심하진 말아요.

벌써 나는 길을 떠났으니까.

그러나 화자는 박 형사에게 이것이 그의 자살 원인에 대한 해답이라고 말하지 않는다. 그가 박 형사와는 달리 그 원인을 몇 세대에 걸쳐, 아니 영원히 추적해야만 된다는 것은 그가 다윈의 법칙을 이해한다고 하더라도 그를 죽음으로 몰아넣은 '장군의 수염'이 왜 존재하며, 또 무엇 때문에 영겁의 시간을 두고 인간을 태어나게 만들어 살해하는 일을 되풀이하게 하는가에 대한 수수께끼 역시 결코 풀 수 없기 때문일지도 모른다.

그런데 중요한 것은 철훈이가 화자인 소설가에게 완성하도록 남겨놓은 「장군의 수염」이란 미완성의 소설에서 프로타고니스트가 죽는 순간에 자기에게 다가오는 어린이들이 초등학교 학예회처럼 수염을 달고 있다는 것이다. 왜냐하면 여기서 새로운 세대가 달고 있는 수염, 즉 그들의 내면에서 자라고 있는 수염은 산타클로스의 할아버지의 그것과도 같이 '장군의 수염'과는 다르기 때문이다.

그가 예수처럼 죽으면서 바라본 비전은 다음 세대에 나타나는 인간이 무자비하고 폭력적이며 비인간적인 '장군의 수염'을 달고 있지 않고 사랑과 자비로 가득한 솜털과도 같이 희고 부드러운 수염을 달고 있다는 것이다. 일기장 속에 미완성으로 된 작품 속의 철훈이가 니체의 '초인'처럼 선택받은 희생자가 되어 비극적으로 죽는 순간에 바라본 비전 속에 처절하게 구체화된 사랑의 세계와 그곳에 도착하고자 하는 인간의 반복적인 노력은, 이 작품 마지막 부분에서 인용하고 있는 성탄절 풍습과 비숍 킹의 시편(詩篇)들에서도 잘 나타나고 있다.

그러나 화자는 결론에서 철훈이가 마지막 순간에 볼 수 있을 거라고 가정했던 풍경을 예수가 탄생한 크리스마스 풍경과 일치해서 생각하는 듯 하지만, 초월적인 세계의 지속적인 존재에 대해서는 회의적인 태도를 나타내고 있다. 이러한 화자의 태도가 지닌 의미는 부조리한 존재에 대한 물음의 태도와 같은 것으로서 이 작품이 취하고 있는 미해결의 추리소설 형식에서도 간접적으로 나타나고 있다.

그런데 여기서 작가가 추리소설에다 액자소설 형식을 결합한 것은 김철훈의 삶과 죽음을 일정한 미학적 거리를 두고 객관적으로 묘사하기 위한 일차적인 목표 이외에도, 김철훈의 일기, 즉 그가 쓰려고 했던 미완성의 소설을 화자가 이어받아 완성한다는 뜻깊은 의미도 있겠다.

다시 말하면 이것은 역사 속에서 어느 한 사람이 부조리한 존재 문제를 탐색하다가 완성하지 못하고 미완성으로 남겨둔 작업을 다음 사람이 이어 받아서 완성하려는 의미를 띠고 있다.

또 다른 한편, 만일 이 작품이 액자소설의 형식을 취하지 않았을 것 같으면, 적지 않은 도덕적 문제를 갖게 되었을 것이다. 왜냐하면 프로타고니스트인 김철훈이 비록 인간의 순수성을 강조하고 부조리한 현실에 저항하기 위해서 스스로 반어적인 희생자의 길을 택했다고 하더라도, 자의식의 수인(囚人)이 되어, 현실적인 삶을 능동적으로 살지 못하고 확실성이 없는 추상적인 세계만을 추구한 점은 그의 실존주의적인 자아실현이라는 점을 감안한다고 하더라도 도덕적으로 문제가 있기 때문이다.

그래서 작가와 일치되고 있는 듯한 화자는 비록 김철훈의 태도에 대해서 많은 부분 대단히 동정적이고 공감적인 태도를 보이고 있지만, 그가 현실세계를 완전히 배제하고 추상적인 세계로 파고 들어가는 데 대해서는 적지 않게 비판적인 시각을 보이고 있다.

그러나 화자의 글쓰기와 프로타고니스트의 글쓰기는 보다 나은 사회창조를 위한 연속적인 기표(le signifiant)의 텍스트 속에 있는 것만은 틀림없다. 비록 화자가 프로타고니스트의 자살 원인을 결코 완전하게 밝혀내지는 못했지만, 그것을 밝히려고 노력하는 것 또한 심철훈이 그의 절망 속에서 발견한 비전과 이어져 있고 또 그 연장선상에 있다.

작품「장군의 수염」은 우리 소설사에서 보기 드물게 하나의 탁월한 상징적이고 우화적인 이미지를 통해서 우리 현대사에서 전개되었던 부조리한 사회상황의 실체를 탐색함은 물론 그것을 넘어서서 우주 가운데 움직이고 맹목적인 의지와 갈등하는 인간의 존재 문제를 독특한 시각에서 조명하고 있다. 그래서 이 작품은 서두에서도 지적한 바와 같이 우화적인 난해성과 전위적인 기법 및 스타일 때문에 문학사 속에서 정당한 위치를 차지하지 못한 것은 우리 문학의 발전을 위해서도 그렇게 바람직하지 못하다.

우리 문학사의 기술에도 정전 문제는 초미(焦眉)의 관심사로서 다시 한 번 깊이 생각해 보아야겠다. 결론적으로 말해 문학사 속에 정전으로서 마땅히 자리잡아야 할 작품이 제 위치를 차지하지 못하고 그렇지 못한 작품이 과대평가되어 큰 자리를 차지하고 있지 않은가 하는 문제를 밝히기 위해서, 우리는 다시 한 번 보다 세심하고 균형있는 비평적인 작업을 펼쳐야 하겠다.

이 글은 이상(李箱)이 처음으로 우리 문학사 속에서 제시한 자의식적 전통을 보다 현대적으로 새로운 차원에서 계승 발전시킨 작품, 즉「장군의 수염」의 숨은 문학적 가치를 밝히려는 작은 시작에 지나지 않는다. 앞으로 이 작품에 대한 보다 훌륭한 분석과 연구가 있을 것으로 기대한다. 폴드 만이 훌륭한 작품론을 쓰는 것은 훌륭한 문학사를 쓰는 것과 같다고 주장한 것을 기억해둘만 하다.

어머니를 위한 여섯 가지 은유

어머니와 책

나의 서재에는 수천 수만 권의 책이 꽂혀 있다. 그러나 언제나 나에게 있어 진짜 책은 딱 한 권이다. 이 '한 권의 책' '원형의 책' '영원히 다 읽지 못하는 책' 이것이 나의 어머니이다. 그것은 비유로서의 책이 아니다. 실제로 활자가 찍히고 손에 들어 펴 볼 수도 있고 읽고 나면 책꽂이에 꽂아 둘 수도 있는 그런 책이다. 나는 글자를 알기 전에 먼저 책을 알았다. 어머니는 내가 잠들기 전 늘 머리맡에서 책을 읽고 계셨고 어느 책들은 소리 내어 읽어 주시기도 했다.

무엇보다도 감기에 걸려 신열이 높아지는 그런 시간에 어머니는 소설책을 읽어 주신다. 『천로역정』『무쇠탈』『흑두권』 그리고 이름조차 기억할 수 없는 이야기들을 나는 아련한 한약 냄새 속에서 들었다. 겨울에는 지붕 위를 지나가는 밤바람 소리를 들으며 여름에는 덧문을 두드리는 장마 비 소리를 들으며 나는 어머니의 하얀 손과 하얀 책의 세계를 방문한다.

어머니의 세계는 꼭 의사가 주사를 놓고 버리고 간 상자 곽과 같은 것이었다. 주사 바늘은 늘 나를 두렵게 했지만 그 주사약 앰플을 담았던 상자 속의 반짝이는 은종이나 솜 털 같은 종이는 포근하고 아름다웠다. 39도의 높은 신열 속으로 용해해 들어가는 신비한 표음문자들을 나는 지금도 기억하고 있다. 그리고 상상력의 깊은 동굴 속에서 울려오 는 신비한 모음의 울림소리를 듣는다. 조금 자라서 글자를 익히고 스스로 책을 읽게 되고 몽당연필로 무엇인가 글을 쓰기 시작한 뒤에도 나에게는 언제나 어머니의 작은 손에 들려 있던 책 한 권이 있다. 어머니의 목소리가 담긴 근원 적인 그 책 한 권이 늘 나를 따라다닌다. 그 환상의 책은 60 년 동안에 수천 수만 권의 책이 되었고 그 목소리는 나에게 수십 권의 글을 쓰게 하였다.

빈약할망정 내가 매일 퍼내 쓸 수 있는 상상력의 우물을 가지고 있다면, 그리고 내가 자음과 모음을 갈라내 그 무게 와 빛을 식별할 줄 아는 언어의 저울을 가지고 있다면 그것 은 오로지 어머니의 몸에 씌어진 그 책에서 비롯된 것이다.

어머니는 내 환상의 도서관이었으며 최초의 시요 드라마였으며 여름날 오후에도 끝나지 않은 길고 긴 이야기 책이었다.

어머니와 나들이

어머니는 최초의 외출, 집을 떠나고 마을을 떠나고 그리고 고향을 떠나는 법을 가르쳐 주셨다. 그냥 떠나는 것이 아니라 돌아오는 것, 집으로 돌아오고 마을로 돌아오고 그리고 고향으로 돌아오는 법도 함께 가르쳐 주셨다. '나들이'라는 모국어를 어머니로부터 배운 것이다. 나들이라는 말은 나가면서 동시에 들어온다는 반대의 뜻을 함께 합쳐 놓은 미묘하고 아름다운 말이다.

어머니는 나의 작은 손을 잡으신다. 그리고 보리밭길과 산모롱이, 마찻길, 신작로 이렇게 작은 길에서 점점 넓어지는 길로 나는 어머니를 따라서 나들이를 한다. 아버지가 서울에서 사오신 작은 가죽 구두를 신고 흙을 밟으면 이상한 소리가 난다. 그것은 새 가죽이 구겨지는 구두 소리가 아니라 눈부신 이공간(異空間) 속으로 들어가는 내 작은 심장의 고동 소리였는지도 모른다.

길가에 있는 뱀풀을 맨 처음 본 것도, 땅개비가 뛰는 것과 하늘에 높이 떠서 원을 그리는 솔개를 본 것도, 모두 어머니의 등 너머로 본 풍경들이다. 나들이를 하실 때의 어머니의 몸에서는 레몬 파파야나 박하 같은 화장품 냄새가 났다. 이 나들이의 절정은 십 리쯤 떨어진 외갓집을 찾아갈 때이다. 그곳으로 가려면 장승이 서 있는 서낭당 고개를 넘어야 한다. 여기가 바로 나의 에세이 「흙 속에 저 바람 속에」의 마지막 장에 나오는 바로 그 서낭당 고개이다. 설화산 뒤켠의 이 작은 분지에는 유난히 대추나무와 감나무가 많았고 그 대나무가 우거진 곳에 외가가 있었다.

긴 돌담을 돌아 솟을 대문과 십장생도가 그려진 어머니의 장롱 속 같은 안채로 들어가면 정말 믿기지 않도록 늙으신 외할머니가 살고 계신다. 미숫가루라도 외가에서 먹는 것은 집의 것과는 다른 맛이 난다.

사랑채로 가는 일각대문 너머로는 인기척이 없는 남새밭이 있었고 한구석에는 양이나 말 모양을 한 이상한 석물들이 놓여 있었다. 할아버지가 돌아가시면 무덤에 세울 돌들이라고도 했다. 그림이나 벽지 무늬도 다 달랐다. 어머니가 원주 원씨이고 외할머니는 덕수 이씨라는 것, 어머니의 어머니가 외할머니라는 것, 그리고 여자들의 성은 서로 다르다는 것을 알게 된 것도 이 나들이에서 배운 지식이다.

외갓집은 공간만이 아니라 그 시간도 여느 곳과는 달랐다. 벽시계는 모양도 시간마다 치는 종소리도 우리집 시계와는 달랐다. 종소리는 깊은 우물물 속에서 들려오는 것 같은 소리를 내고, 문자판에는 알 수 없는 글자들과 십이간지의 동물들이 그려져 있었다. 어머니의 어머니가 살고 계시는 이 외갓집 시간은 기왓골의 이끼처럼 훨씬 오래된 시간을 색이고 있었다. 이곳에 오면 어머니는 나처럼 작은 신발을 신은 아이가 되는 것이다.

떠날 때가 되면 어머니와 할머니는 서로 우신다. 외할머니는 긴 돌담을 돌아 우리가 서낭당 고개를 넘어갈 때까지 서 계시고 뒤돌아 보기만 하면 빨리 가라고 먼데서 손짓을 하신다. 그렇다. 우리는 몇 번이고 몇 번이고 서로 손짓을 하면서 헤어진다. 늦은 날에는 집에 돌아가기도 전에 별들이 나오고 이 나들이로 나의 장딴지에는 조금 알이 배고 키는 한 치가 더 큰 것 같은 생각이 든다. 떠나는 것과 돌아오는 것, 만남과 헤어짐— 번쩍이는 비늘을 세우고 먼 이국의 바다로 헤엄쳐 나갔다가 다시 모천(母川)으로 회귀하는 연어떼처럼 어머니는 나에게 떠나는 법과 돌아오는 법을 가르쳐 주신다.

이제는 돌담도 다 무너지고 감나무도 잘리고 없는, 빈 마당뿐인 외갓집인데도 가죽 소리가 나는 작은 구두를 신고 나는 어머니를 따라 이따금 외갓집 나들이를 한다. 아무도 거기 서있는 사람이 없는데 어서 들어가시라고 손짓을 한다.

어머니와 뒤주

바깥 하늘이 눈부시게 개일 때일수록 대청 마루는 어둡다. 그 그늘진 곳에 게목나무의 묵직한 뒤주가 있고 그 위에는 모란꽃 무늬를 그린 청화백자 같은 것이 놓여 있다. 나보다 키가 커서 그 뒤주 속을 들여다 보려면 까치발을 떼야만 한다. 네 기둥과 두꺼운 나무판자로 짜여진 뒤주 모양은 어머니가 안방에 앉아 계신 것처럼 늘 마음을 든든하게 한다.

끼니때가 되면 이 뒤주에서 수복강녕이라고 손수 붓글씨로 쓰신 복바가지로 어머니는 하얀 쌀을 퍼내신다. 대식구가 먹어야 하는 그 양식은 옛날 이야기에 나오는 화수분 단지처럼 이 뒤주 속에서 어머니의 바가지 속에서 넘쳐 나온다. 많을 때에는 족히 30명이 넘는 식솔을 거느리시는 어머니는 이 뒤주처럼 묵직하고 당당하게 한자리를 차지하고 계시다.

그러나 어머니는 밖에 나가실 때마다 끼니때가 아닌데도 꼭 뒤주 문을 여신다. 그리고는 엎드리시고는 손가락으로 글씨를 쓰신다. 왜 그러시는지를 몰라 하루는 어머니에게 여쭈어 보았다. "쌀 위에 글씨를 써놓으면 남들이 양식을 퍼내 갈 수가 없단다. 어머니가 쓴 글씨 자욱이 지워질 테니 말이다. 양식이 아쉬운 사람이 있으면 그냥 도와주어야지 훔쳐 가게해서는 안 되는 법이란다. 양식이 아까워서 그런 것만은 아니란다. 뒤주를 자물쇠로 잠그면 남을 의심하는 것이 되고 그냥 열어두면 착한 사람들도 퍼내고 싶은 나쁜 생각이 들게되는 법이란다. 쌀을 퍼간 사람보다 그런 틈을 준 사람이 더 죄를 짓는 거란다." 어머니는 선생님처럼 그렇게 말씀하셨다.

어머니는 늘 어렵게 사는 사람들과 불쌍한 사람을 돕고 후한 덕을 베풀어 주시는 분으로 소문난 분이시다. 그러면서도 어머니는 뒤주처럼 대청 한복판에 떡 버티고 앉아 집안을 지키신다. 어머니는 어두운 대청마루에 신전처럼 자리하고 있는 뒤주이다.

어머니와 금계랍

사내로는 내가 막내였다. 늦게까지 어머니 품을 떠나려하지 않았기 때문에 젖에 금계랍(金鷄蠟)을 바르셨다고 한다. 금계랍은 하루거리에 먹는 키니네이다. 그 맛이 얼마나 쓴 것인지 나는 잘 안다. 우리가 성장한다는 것은 어머니의 몸으로부터 조금씩 떨어져나가는 의식(儀式)이기도 한 것이다. 그것이 나에게는 금계랍의 맛일 것이다. 태어나는 순간부터 우리는 그 아픔을 겪어야 한다. 모태로부터 태어나는 순간 어머니와 연결된 그 탯줄을 끊어주지 않으면 안 된다. 어머니의 가슴에서 떨어져야 하는 이유기도 마찬가지다. 어머니는 자식을 위해서 금계랍의 맛을 맛보게 한다. 어머니의 위대한 사랑은 이런 고통을 자진해서 받아들인다는데 있다.

두 살 터울인 친형과 나는 많이 싸웠다. 어머니는 어느날 우리가 몹시 싸우는 것을 보시고 끝내 회초리를 드셨다. 처음으로 종아리를 걷고 호된 매를 맞은 것이다. 우리 형제는 눈물을 참으며 그 자리에 그냥 서서 매를 맞고 있었는데 어머니는 때리다 마시고 이렇게 소리치셨다.

"이런 바보녀석들 좀 봐. 너희들은 남의 애들처럼 도망칠 줄도 모르니."

비로소 우리는 용기를 얻어 바깥으로 도망치고 말았다. 어머니는 우리를 매질하시면서도 마음이 아프셨던 게다. 빨리 도망치기를 속으로 바랬던 것이다. 내가 금계랍의 쓴 맛을 빨고 울고 있을 때 어머니는 그보다 더 몇 배나 쓴 맛

을 보시며 우셨을 것이다. 어머니의 금계랍은 꿀보다도 더
단 것이었을까.

어머니의 귤

수술을 받기 위해서 어머니는 서울로 가셨다. 대동아 전
쟁이 한참 고비였던 때라 마취제도 없이 수술을 받으셨다
고 한다. 그런 경황에서도 어머니는 나에게 예쁜 필통과 귤
을 모아 두셨다. 필통은 입원 전에 손수 사신 것이지만 귤
은 어렵게 어렵게 구해서 병문안 온 손님들이 가져온 것이
라고 했다. 어머니는 귀한 것이라고 머리맡에 놓고 보시다
가 끝내 잡숫지를 않으시고 나에게로 보내 주신 것이다.

그 노란 귤과 거의 함께 어머니는 하얀 상자 속의 유골로
돌아오셨다. 물론 그 귤은 어머니도 나도 누구도 먹을 수
없는 열매였다. 그것은 먹는 열매가 아니다. 그것은 사랑의
태양이었고 그리움의 달이었다. 그 향기로운 몇 알의 귤은
어머니와 함께 묻혀졌다.

서울로 떠나시는 마지막 날 어머니는 나보고 다리를 주
물러달라고 하셨다. 열한 살 때였으니까 이젠 어머니의 다
리를 주무를 수 있을 만큼 그렇게 성장한 것이다. 정말 다
리가 아프서서 그러셨는지 아니면 막내라고 늘 걸려 하셨

는데 그만큼 자란 것을 확인하고 떠나고 싶어서 그러셨는
지 혹은 내 손을 가까이 느끼시며 마지막 작별을 하시려고
그렇게 하신 것인지 확실치 않지만 다리를 주물러 달라고
하셨다.

왜 그랬는지 모른다. 나는 어머니에게 숙제를 해야 한다
고 거짓말을 하고 제대로 다리를 주물러 드리지 않았다. 어
머니는 밖으로 뛰어 나가는 내 얼굴을 물끄러미 쳐다보셨
던 것 같다. 나는 어머니의 신병이 무엇이었는지 잘 몰랐던
것이다. 그것이 정말 마지막인지 몰랐던 것이다. 나는 더러
어머니의 산소에 갈 때 귤을 산다. 홍동백서의 그 색깔에는
지정되어 있지 않은 색깔이지만 제상에다가도 반드시 귤을
고인다. 그리고 귤을 살 때마다 나는 귤값이 너무나 싼 것
에 대해서 절망을 한다.

아니다. 분노를 한다. 어머니가 머리맡에 놓고 가신 그
귤은 지폐 몇 장으로 살 수 있는 그런 귤이 아니었기 때문
이다. 내 이제 어디에 가 그 귀한 귤을 구할 것이며 내 이제
어디에 가 어머니의 다리를 주물러 드릴 수 있을까.

어머니와 바다

나는 열한 살 때 어머니를 잃을 때까지 바다를 본 적이

없다. 그림 책이나 사진에서 본 바다 말고는 하얀 모래밭, 소금기를 품기는 바람 , 그리고 긴 해안선을 이따금 가로막는 바위와 부딪치는 파도, 그러고 무엇보다도 끝이 안 보이는 수평선을 상상하지 못했다.

그런데 분명히 나의 어린 시절에도 그 바다가 있었다. 그것은 바로 어머니이다. 한자의 바다 해(海)에는 어머니의 모(母)자가 들어 있다. 그리고 바다를 뜻하는 프랑스 말의 메르(mer)는 어머니를 뜻하는 메르(mere)와 e자 하나의 차이밖에 없다. 프랑스에는 어머니 속에 바다가 있고 중국에는 바다속에 어머니가 있다.

바다는 넓고 깊다. 어머니의 무한한 사랑과 그 은혜는 바다와 같다고 어머니 날이 되면 노래를 한다. 그리고 인류의 생명은 바다에서 탄생했다고들 말한다. 바다는 생명의 시원이며 최초의 인류를 잉태한 양수이다. 그러므로 누구에게 있어서나 생명의 발원이 된 모태라는 태초의 바다를 하나씩 가지고 있다.

그러나 그만한 이유로 그리고 그러한 관념적인 풀이로 내가 바다를 보기 전에 이미 바다를 보았다고 말하는 것은 아니다. 내가 말하는 어머니와 바다의 그 동질성은 보다 감각적인 것이고 리얼한 것이다. 바다는 늘 나에게 있어 살아 있는 죽음으로 다가온다. 바다는 살아 있는 어떤 것보다 생명력에 가득 차 있다. 어떤 짐승이 저렇게 커다랗게 그리고 강렬하게 숨쉴 수 있고 소리칠 수 있고 쉴새없이 흰거품을 내며 생동할 수 있겠는가. 어떤 풀, 어떤 나무가 저렇게 연두빛으로 요동치며 끝도 없이 번질 수 있다는 말인가.

그러나 바다의 생명체는 가상현실일 뿐 실제로 살아 있는 것은 아니다. 바다의 표면은 높게, 때로는 낮게 변화하지만 결코 살아 있는 꽃처럼 꺾을 수는 없다. 파도는 말보다 힘차게 뛰지만 그리고 그 부력으로 우리를 그 잔등 위에 태울 수도 있지만 그 푸른 말갈기를 손으로 잡을 수는 없다. 슬프게도 바다에는 육체가 없기 때문이다.

그래서 영원하면서도 공허한 그 바다는 육체가 아니라 영혼이라고 불러야 마땅하다. 살아 있는 것 같으면서도 죽어 있는 것, 꽉 차 있으면서 텅 비어 있는 것, 이것이 바다가 지닌 역설이다.

돌아가신 어머니, 그러나 수평선처럼 늘 내 눈높이로 다가오는 어머니, 분명히 현존하면서도 일정한 높이로 파도가 일다가는 금시 거품속에서 사라지는 부재의 어머니 — 그 모순의 바다가 바로 나에게 있어서의 어머니인 것이다. 나는 오늘도 이 갈증의 바다 앞에 서 있다.

하나의 나뭇잎이 흔들릴 때

하나의 나뭇잎이 흔들릴 때 나는 하나의 공간이 흔들리는 것을 보았다. 조그만 이파리 위에 우주의 숨결이 스쳐지나가는 것을 보았다.

하나의 나뭇잎이 흔들릴 때 나는 왜 내가 혼자인가를 알았다. 푸른 나무와 무성한 저 숲이 실은 하나의 이파리라는 것을… 제각기 돋았다 홀로 져야 하는 하나의 나뭇잎, 한 잎 한 잎이 동떨어져 살고 있는 고독의 자리임을 나는 알았다. 그리고 그 잎과 잎 사이를 영원한 세월과 무한한 공간이 가로막고 있음을.

하나의 나뭇잎이 흔들릴 때 나는 왜 살고 있는가를 알고 싶었다. 왜 이처럼 살고 싶은가를, 왜 사랑해야 하며 왜 싸워야 하는가를 나는 알 수 있을 것 같았다. 그것은 생존의 의미를 향해 흔드는 푸른 행커치프… 태양과 구름과 소나기와 바람의 증인(證人)… 잎이 흔들릴 때, 이 세상은 좀더 살 만한 가치가 있다는 생의 욕망에 눈을 떴다.

하나의 나뭇잎이 흔들릴 때 나는 어디로 가야 하는가를 들었다. 다시 대지를 향해서 나뭇잎은 떨어져야 한다. 어둡고 거칠고 색채가 죽어 버린 흙 속으로 떨어지는 나뭇잎을 본다.

피가 뜨거워도 죽는 이유를 나뭇잎들은 우리에게 가르쳐 준다. 생명의 아픔과, 생명의 흔들림이, 망각의 땅을 향해 묻히는 그 이유를… 그것들은 말한다. 거부하지 말라, 하나의 나뭇잎이 흔들릴 때 대지는 더 무거워진다. 눈에 보이지 않는 끈끈한 인력(引力)이 나뭇잎을 유혹한다. 언어가 아니라 나뭇잎은 이 땅의 리듬에서 눈을 뜨고 눈을 감는다. 별들의 운행(運行)과 나뭇잎의 파동은 같은 질서에서 움직이고 있음을 우리는 안다.

하나의 나뭇잎이 흔들릴 때
하나의 나뭇잎이 흔들릴 때

우리들의 마음도 흔들린다. 온 우주의 공간이 흔들린다.

낙엽을 밟으며

시몽, 나뭇잎이 진 숲으로 가자.
낙엽은 이끼와 돌과 오솔길을 덮는다.

시몽, 그대는 좋아하는가? 낙엽을 밟고 지나가는 소리를.
낙엽의 빛깔은 부드럽고 모습은 쓸쓸하다.
낙엽은 덧없이 버려져 땅 위에서 구른다.

시몽, 그대는 좋아하는가? 낙엽을 밟고 지나가는 소리를.

저녁 낙엽의 모습은 쓸쓸하다.
바람에 불리어 흩어져 갈 때,
낙엽은 잔잔하게 소리 친다.

시몽, 그대는 좋아하는가?
낙엽을 밟고 지나가는 소리를.

가까이 오라, 우리들도 언젠가는 슬프게 떨어져 가는 나뭇잎이 될 것을.

가까이 오라, 벌써 밤이 왔다. 바람이 몸에 스민다.

시몽, 그대는 좋아하는가? 낙엽을 밟고 지나가는 소리를.

— 구르몽 「낙엽」

나뭇잎이 진다. 슬픈 음악처럼, 혹은 고별의 몸짓처럼, 그렇게 나뭇잎이 지고 있다. 퇴색한 생명의 조각들이 마지막 여름의 추억을 간직한 채 아쉬움 속에서 전율한다. 낙엽을 밟고 지나가면 우리들도 무엇인가 상실해 가고 있다는 생각이 든다. 다정하게만 느껴지던 벗들이, 화려한 것처럼 보이기만 하던 생명의 채색들이, 그리고 모든 대화가 환상처럼 꺼져가고 있음을 느낀다. 떨어져 가는 나뭇잎은 영원하지 않는 인간의 생명을 새삼스럽게 깨우쳐 주고 있기 때문이다.

낙엽의 은은한 음향이 우리 가슴에 와 닿을 때, 시간이 붕멸(崩滅)하는, 참으로 크고 비통한 '메아리'가 울린다. 잠시 우리는 소스라치게 놀란다. 내가 혼자라는 것을… 이 풍경과 이 감동이 결코 영원할 수 없다는 것을… 언젠가는 그리운 사람도 뜨거운 열정도, 부풀어 오르는 아침의 희망과 쾌락도 결국은 저 낙엽처럼 허공 속에서 흩어져 갈 것을 우리는 안다.

그리하여 나뭇잎이 질 무렵이면, 외부로만 향하고 있던 눈이 마음속으로 돌려진다. 인간의 운명을 생각해 보는 것이다. 우리들의 사랑과 덧없는 젊음의 요설을 생각해 보는 것이다.

나뭇잎들은 천천히
안개 깔린 길 위로 구른다.
길은 정적─ 모든 소리는 끊기고
아무 음악도 들리지 않는다.
그러나 시든 갈대 속에서
한 가지 경건한 예감이 있다.
마음속으로 눈을 돌려야 할 때가 왔다고.

— 틴마만스 「아다지오」

세속의 욕망과 기름때 묻은 생활 풍속에서 잠시 물러나, 나뭇잎이 지는 정적한 시간이면 사색의 촉수가 내면으로 향한다. 그러면 강가에서 흩날리는 나뭇잎은 우리에게 온

갖 생의 내용을 고백해 주는 것이다.

'고별을 생각하십시오. 헤어져야 할 시간이 돌아왔습니다. 시간은 모든 것을 주고 시간은 모든 것을 지워버립니다. 서둘러 주십시오. 당신에게도 고별의 시각이 가까워졌습니다.'

예이츠는 낙엽이 전하여 주는 그 침묵의 목소리에 조용히 대답한다.

가을이 왔다. 우리들 사랑에 겨웁던 나뭇잎에도, 나락들의 다발에 드나드는 들쥐 위에도 추색(秋色)이 짙다.

로우언의 나뭇잎도 누렇고, 축축한 들딸기의 이파리도 노랗다. 우리에게도 사랑이 시들어가는 때가 왔다. 그대와 나의 슬픈 마음은 지금 권태와 피로에 젖어 있다. 헤어지자, 정열의 계절이 우리를 저버리기 전에.

풀죽은 그대 얼굴에 한 점의 키스와 한 방울의 눈물을 남겨 놓고 헤어지자.

— 예이츠 「낙엽」

낙엽의 의미를 아는 사람은 결코 '영원히 사랑한다'고 말하지 않는다. 면면한 연정도 때가 되면 시들고 조락(凋

落)하여, 진흙속에 묻혀야 한다는 것을 너무나 잘 알고 있기 때문이다. 차라리 사랑과 열정이 다하기 전에 애틋한 아쉬움이 꺼지기 전에 고별을 준비하는 사람이 현명할지도 모를 일이다.

미련과 애착 속에서 나뭇잎이 지듯 그렇게 인간은 헤어져야 한다. 조용한 체념이 있다. 회자정리(會者定離)요, 생자필멸(生者必滅)이다. 만난 자는 반드시 헤어지고 살아 있는 자는 반드시 죽기로 되어 있다는 조용한 체념이 있다. 마른 가지에서 푸른 나뭇잎을 탄생케 한 것이 계절〔時間〕의 힘이라면, 역시 그 가지에서 나뭇잎이 시들어 떨어지게 하는 것도 계절〔時間〕의 의사다. 행복한 여름이 너무 짧다고 불평하지 말라. 저 태양과 소나기와 천둥의 추억이 미칠 것처럼 가슴을 쥐어 뜯는다고 애석해 하지 말라.

뜻없는 가운데 잎이 돋은 것처럼 그렇게 뜻없이 떨어져 가는 것이 나뭇잎의 순리 ― 우연히 만난 사람을 우연히 잃어야만 되는 것이 또한 인간의 정명(定命)이다.

이별을 고하는 때는 부드럽고
낙엽의 향내는 포근하다.
인생은 보다 거칠게 사라지고

남아 있는 오늘에 위안은 없다.

— 란드 「가을」

낙엽은 인생에게 헤어짐의 의미를 가르쳐 주고 또한 방
랑의 그 외로움도 암시한다. 생명의 모체요, 그 고향인 나
뭇가지에서 떠나 싸늘한 땅 위로 굴러 다니는 낙엽의 고립,
거기에는 고향 잃은 나그네의 —의지할 것 없는 그 방랑자
의— 우울한 영탄이 깃들인다.

가을날 비올롱의 긴 흐느낌,
한결 같은 괴로움에 가슴이 찢겨,
종소리에도 숨이 막히고 파리해져서,
눈물은 흘러, 지난날의 추억
그래서 떠도는 이 몸,
거센 바람에 이리저리 불리는 낙엽다와라.

— 베를레에느 「가을의 노래」

벌써 가을이구나, 낙엽을 보고 설레는 마음.
시들어 바람에 날리는 것은
나그네의 마음과도 닮았어라.

이리 뒤집혀, 저리 날리며,

아직도 땅 위에 떨어지지 않는 것은

못내 옛 수풀을 아쉬워하는

그 마음 다하지 않음이런가.

— 공소안(孔紹安)「낙엽」

고별, 그리고 방랑, 낙엽에게는 그리운 추억의 나날이 있고 고향의 꿈이 짙다. 그러나 방향도 없고 의지할 땅도 없이 바람이 와 닿는대로 몸을 맡겨야 하는 그 나뭇잎. 이것은 모든 생명 그리고 인간이 겪어야 하는 고뇌의 상징이다. 그리하여 가을밤 수풀의 어느 곳에선가 나뭇잎이 지고 있을 무렵, 우리는 잃어버린 고향, 잃어버린 사람들의 이름을 마음속에 외어 본다.

양로원이 아니면 감옥의 뒤뜰처럼,

남 몰래 슬픔을 감춘 채로 때를 만난 듯,

금빛 낙엽이 어른거리며 떨어져 간다.

잔디 위로 추억을 새김질하듯 느릿느릿

'침묵(沈默)'이 우리들 사이를 거닌다…

거짓을 품은 가슴속으로,

서로 여로(旅路)에 지쳐 새로운 꿈을 안고 옛날 항구로 되돌아가고자 제 일에만 골몰한다.

그러나 오늘밤 수풀은 우수에 가득 차서 우리들 마음까지 뒤흔들어 넋잃고 잠든 잠잠한 하늘의 그 옛날 지내온 일을 이야기 한다.

정답게, 나직한 목소리로
죽은 애 이야길 하듯…

— A. 사망 「가을」

낙엽은 이별… 방랑… 추억과 같은 애잔한 운명의 빛깔을 우리에게 던진다. 모든 비애와 그리움을 안으로 잉태한 채 운명에의 수줍은 반응을 나타내고 있다. 결국 외로운 낙엽이 우리에게 말해 주고 있는 것은(아무리 작은 소리로 고백해 주는 것이라 할지라도) 크나큰 환멸과 죽음에 대해서이다.

나무 등걸에서 떨어져 나온 나뭇잎은 방랑과 추억 끝에 조용히 흙 속으로 묻히고 마는 것이다. 그것도 홀로….

옛날 신라의 슬기로운 중, 월명(月明)이 그 여동생의 죽음을 가을날 떨어지는 나무 이파리로 비유하고 있는 것도 바로 그것이다.

생사의 길이 여기 있으니, 두려움 속에서 나는 간다. 말도 다 못 잇고 가는구나. 어느 가을날 바람에 여기저기 떨어지는 나뭇잎처럼.

한 가지에 났어도 가는 곳은 서로 몰라.
아, 부처님 앞에 엎드려 도를 닦아 너를 만날 것을 기다리고자.
— 월명의 시

봄에 탄생한 나뭇잎은 가을에 낙엽져 사라진다. 나뭇잎이 한 나무 등걸에서 돋아났어도, 떨어질 때는 제가끔 방향도 모르고 흩어져 가듯 인간의 혈육도 같은 생명의 모체에서 탄생했지만, 죽음 앞에서는 운명을 같이할 수는 없는 것이다.

낙엽이 홀로 외롭게 져 가듯이 인간도 홀로 죽어갈 수밖에 없는 그런 존재다. 여기에 낙엽과 그리고 인간의 절대 고독이 있다.

셸리도 또한 서풍부(西風賻)에서 떨어지는 낙엽으로 생명의 조락 그 죽음을 암시하였고, 겨울을 몰아오는 서풍 속에서 '죽음'의 운명을 보았던 것이다.

그렇기에 시인들은 가을을 통곡하였다. 레나우는 낙엽이 날리는 가을 바람 속에서 덧없는 인생의 보람, 시들어 버리는 희망의 슬픔, 그리고 그 통곡의 흐느낌을 듣고 있다.

상냥한 봄이여, 그대는 사라졌구나. 어느 곳에서도 오래 머물지 않아 그대가 즐겁게 꽃 피우던 곳에
  지금 가을의 불안한 숨결이 씽씽 울리고 있다.

바람은 울고 있는 것처럼
슬프게 풀숲을 거쳐 분다.
천지 그 죽음의 한숨이
거칠어진 숲을 뚫고 울부짖는다.

오는 해도 오는 해도 속절없이
시든 이파리와 시든 소망만을 가져다 준다.

— 레나우 「가을의 통곡」

그러나 낙엽은 우리에게 고별의 쓰라림, 방랑과 추억의 외로움 그리고 허무와 죽음의 공포만을 주는 것일까?
  그렇지 않다. 낙엽은 이보다 더 깊은 언어, 불멸의 언어

를 간직하고 있다. 그 말이 너무도 나직하고 너무도 겸허하기 때문에 사람들은 그것을 듣지 못하는 것이다.

나뭇잎이 대지를 향해 낙하하는 그 아름다움을 보라. 분명히 그것은 죽음이지만, 그 '죽음'은 얼마나 아름다운 색채와 율동을 잉태하고 있는 것일까? 도리어 그 죽은 이파리가 여름의 한낮, 생명의 태양 속에서 빛나던 녹색보다도 한층 아름답고 행복한 채색으로 물들어 있는 것은 웬 까닭일까? 또 폭풍 속에서 나부끼던 그 여름의 나뭇잎인들, 땅 위로 낙하해 가는 저 낙엽보다도 자유롭게 움직여 본 일이 있었던가?

나뭇잎은 '죽음'의 순간 속에서 완전히 사는 것이다. 태양이 그에게 준 온갖 채색을 겉으로 표현하는 것이며 바람이 그에게 가르쳐 준 율동을 그 순간에 몸소 행동으로 표현하는 것이다.

무언(無言)의 슬픔을 간직한 가을의 하늘 끝을

고요한 꿈에 넘쳐 나는 지평선이 하늘의 끝과 맞닿은 그 변두리를 바라본다.

언제인가 대낮은 사라진다.

개인 하늘, 상쾌하게 맑은 고요한 대기

새빨간 숲… 밝은 대낮은,

말없이 그들 곁을 떠나고 말리라.

종말해 가는 행복의 순간!

— 쁘낭 「낙엽」

　그렇다. 종말 속에서 빛나는 행복의 순간, 낙엽은 '죽음'
의 의미를 알고 있다. 진정한 삶이야 말로 '죽음'에 의해서
실천된다는 것을, 물들어 보지 않은 나뭇잎은, 가지에서 떠
나 보지 못한 나뭇잎은 생명의 의미가 무엇인지를 모르고
있다. 그것을 낙엽은 안다. 그리고 또 낙엽은 알고 있다. 죽
음이야말로 보다 큰 생명에 이르는 과정인 것을, 공포는 죽
음이 아니라 바로 생명이라는 것을, 죽음은 이 공포에서의
해방, 고요한 휴식이요 생명이 완전하게 안으로 숨어 배어
죽음 속에 흡수되는 완성인 것을… 아름답게 물든 낙엽이
아름다운 나선을 그리며 대지를 향해 낙하할 때, 말할 수
없는 고독, 잔잔한 명상에 취해 죽음을 체감한다.

　잎이 진다. 멀리서 잎이 진다.

　하늘의 먼 뜰들이 시들어 가는 듯

　부정하는 몸짓으로 잎이 진다.

그리고 여러 밤새에,

무거운 지구가 고독에 잠긴다.

다른 모든 별들에서 떨어져.

우리들 모두가 떨어진다. 이 손이 떨어진다.

보라 너의 다른 쪽 손을— 모두가 떨어진다.

그러나 한 사람이 있어 이 낙하를 한없이

너그러이 그의 양손에다 받아 들인다.

— 릴케 「가을」

또 하나 나뭇잎이 진다.

나무 나무의 홀

높고 둥근 천정(하늘)에서

10월의 안개

바람도 움직이지 않는데

그저 눈물이 흘러.

울고 난 눈물이라고

사람들은 그렇게만 생각하리라.

묘지(墓地)인 것을!

쉬거라 잎이여, 평화롭게

덧없는 것은 아니어니

무엇이든 영구히

다시 탄생되는 것이다.

지금은 죽어 있을지라도,

태양은 다시

녹색을 눈뜨게 하리라.

너의 녹색으로

나무들을 덮으리라.

여름이 오면

오, 여름이여… 나도 또한

아담의 죄를

걸머지고 시들어 가지 않으면 안 되는

겨울인 무덤의 돌 속,

그러나 나의

죽은 폐장(肺臟)에

기독(基督)이 정신을

정화한 영구한

끝없는 목숨으로

소생하리라!

— 케제레 「재빨리 떨어졌어요」

나뭇잎이 진다. 가을이다.

내 연월(年月)은 묘지로 사라진다.

낡아빠진 깃발처럼 갈가리 찢긴 내마음을

놀라게 하는 괴로움은 이제 아무것도 없어…

— 브레시스 「나뭇잎이 진다」

여기저기서 단풍잎 같은 슬픈 가을이

뚝뚝 떨어진다. 단풍잎 떨어져 나온

자리마다 봄을 마련해 놓고

나뭇가지 위에 하늘이 펼쳐있다.

— 윤동주(尹東柱) 「소년」

  릴케는 나뭇잎을 너그러이 양손에다 받아들이는 그 존재
를 알고 있으며, 케제레는 태양 속에서 다시 부활하는 녹색
의 여름을 믿고 있으며, 브레시스는 죽음이 도리어 고뇌로
부터의 해방임을 노래하고 있으며 또한 윤동주는 떨어져
나간 이파리의 자국마다 새로운 봄이 준비되어 있고 그 위
에는 영원한 하늘이 펼쳐져 있음을 발견하고 있다.

  낙엽은 결코 고독하지 않다. 낙엽은 결코 죽지 않는다.
저기에서 저렇게 나뭇잎이 떨어지고 있는 것은 보다 새로

운 생이 준비되어 가고 있는 목소리이며, 저기에서 저렇게 무수한 단풍이 가지각색 빛깔로 물들어 가고 있는 것은 나무보다 더 큰 생명의 모태를 영접하는 몸치장인 것이다.

인간의 「죽음」이란 것도, 인간의 그 헤어짐이나 방황 같은 것도 결국은 낙엽 같은 것이다. 휴식, 해방, 귀의(歸依), 부활….

시몽, 그대는 좋아하는가?
낙엽을 밟고 지나가는 소리를…

우리 문화의 얼굴을 바꿔놓은 거인

이화여자대학교 강의시절(1970년).

1934년 1월 15일 충청남도 아산 온양에서 출생하여 서울대학교 문리과대학과 동 대학원을 졸업했다. 1959년 경기고등학교에서 일년 동안 교편을 잡은 뒤 서울대학 강사와 단국대학 전임강사, 1966년부터 1989년까지 이화여자대학교 문리대에서 교수직과 기호학연구소 석학교수 등을 거쳐 현재 이화여자대학 학술원 명예 석좌교수이다.

1980년대 일본 동경대학 객원 연구원과 일본문화연구센터의 객원 교수를 역임하였다.

1960년 4·19 직후 26세의 젊은 나이에『서울신문』의 논설위원으로 발탁된 뒤『한국일보』,『경향신문』,『중앙일보』등의 주요 일간지의 논설위원으로 고정 컬럼을 담당해 왔고, 1990년 초대 문화부장관을 지냈으며 현재는『중앙일보』상임고문으로 재직중이다.

서울대학 재학시「이상(李箱)론」(문리대학보, 1955년)을 발표하여 문단의 주목을 받은 뒤 기성문단을 비판하는 비평「우상의 파괴」(『한국일보』, 1956년)와 월간『문학예술』지의 추천을 받아 문학평론가로 문단에 등단했다.

가족사진(자전거에 탄 어린이가 이어령).

딸 민아와 함께 신세계백화점에서(1963년).

문단 및 사회 활동 김동리 등 기성문단을 비판한 「우상의 파괴-문학
적 혁명기를 위하여」(『한국일보』, 1956년), 「화전민 지역」(『경향신문』,
1957년) 등을 일간지에 발표하여 신세대론과 사회참여의 문학이론을 앞
세운 평문을 발표하였다. 당시의 글들을 모은 평론집으로 『저항의 문학』
(1959년)과 『지성의 오솔길』(1960년)을 출간했다.

월간 종합지 『새벽』지의 편집에 참석하여 「사회참여란 무엇인가」 등 권두

논문을 게재하였으며, 최인훈의「광장」등 문제작을 수록하여 4·19 이전의 정국에 큰 파문을 일으키기도 했다.

한편 남정현의 분지사건과 한승원 변호사의 필화사건의 재판에 증인으로 출석하여 "장미 뿌리는 장미 꽃을 피우기 위해서 있는 것이지 파이프를 만들기 위해서 있는 것이 아니다"라는 문학의 독자성과 창작의 자유를 옹호하는 발언을 남기기도 했다.

1960년 4·19 이후에는 점차 문학의 사회참여에서 문학의 자율성을 지키는 언어와 예술구조에 더 많은 관심을 기울여 뉴 크리티시즘과 문화 기호학에 관한 평문과 이론서를 썼다.

무주 구천동에서 소설가 박경리(오른쪽)와 함께한 이어령 내외(1967년).

그러한 과정에서 70년대 순수문학과 참여문학의 대표적인 논쟁 가운데의 하나로 시인 김수영과의 문학논쟁을 펼치기도 했다.

평론분야만이 아니라 소설과 희곡, 에세이 등 폭넓은 문학활동을 해왔으며, 대학 강단에서는 수사학과 기호학 등을 강의하고 한국 최초로 기호학 연구소를 이화여대에 신설하기도 했다.

한편 1960년대에는 신구문화사에서 세계 전후문제작품집을 기획·출판하는 주역으로 활동했고, 70~80년대에는 월간『문학사상』을 창간, 주간직을 맡아 권두언을 집필하였으며, '이상 문학상'을 제정하고, 김소월 등 작고문인들의 미 발표작 발굴과 해외의 새로운 문학사조와 문학이론을 소개

옛집에서(1987년).

1974년 내한했던 루마니아 소설가 게오르규(왼쪽)와 함께.

하는 기획 등으로 국내 최초로 창간호를 3판을 찍었는가 하면, 순수문학
지로서는 처음 5만 부를 돌파하는 기록을 세우기도 했다.

문화계 활동 1988년 서울올림픽의 개·폐회식을 비롯 대전 세계박람회
와 전주~무주 동계 유니버시아드 대회 등의 문화행사를 주도했다. 1990
년부터 1991년까지 2년간 신설된 문화부 장관직을 맡은 후 예술종합학교,
국어연구소 등을 설립하고 국민들의 문화향수권을 확대하는 한국문화 10
개년 계획을 수립했다.
1999년에는 대통령 자문기관인 새천년준비위원회 위원장으로 밀레니엄
베이비가 출생하는 장면을 리얼타임으로 중계하였고, 일부변경선에서 새
천년 새아침의 태양빛을 채화하는데 성공했다. 또한 2002년 월드컵 때에
는 조직위원회의 식전문화 및 관광협의회 공동의장 등을 맡았으며, 월드
컵 상암경기장 건설에 참여하는 등 문화행사를 주도해 왔다.
'벽을 넘어서'의 올림픽 개폐회식의 슬로건과 '새천년의 꿈 두 손으로 잡으
면 현실이 됩니다' 라는 밀레니엄 구호를, 그리고 '산업화는 뒤졌지만 정보

독일 소설가 루이제린저(왼쪽에서 두 번째)와 세종대학 박물관에서(1975년).

화는 앞서 가자'의 정보화 캠페인 등의 구호를 만들기도 했으며, IT분야에
서는 디지털과 아날로그를 융합한 '디지로그'라는 새로운 말을 창안했다.

상훈 대한민국문화예술상(1979년), 체육훈장맹호장상(1989년), 일본
디자인문화상(1992년), 일본 국제교류기금 대상(1996년), 서울시문화상
(2001년), 대한민국예술원상(2003년), 일맥문상 '나라를 빛낸 상'(2006
년), 3·1문화상(2007년), 마크 오브 리스펙트상(2007년).

주요 작품 목록

[비평]
「이상론 – '순수 의식'의 뇌성과 그 파벽」, 『문리대학보』(서울대, 1955).
「우상의 파괴 – 문학적 혁명기를 위하여」, 『한국일보』(1956).
「현대시의 Umgebung과 Umbelt – 시비평방법서설」, 『문학예술』(1956).
「나르시스의 학살 – 이상의 시와 그 난해성」, 『신세계』(1956).

「비유법 논고」, 『문학예술』(1956).

「아이커더스의 귀화 - 휴머니즘의 의미」, 『서울신문』(1956).

「화전민 지역 - 신세대의 문학을 위한 각서」, 『경향신문』(1957).

「우리문화의 반성 - 신화없는 민족」, 『경향신문』(1957).

「이상의 문학 - 그의 20주기에」, 『경향신문』(1957).

「57년 상반기의 창작」, 『문학예술』(1957).

「카타르시스 문학론」, 『문학예술』(1957).

「기초문학함수론 - 비평문학의 방법과 그 기준」, 『사상계』(1957).

「1957년의 작가들」, 『사상계』(1958).

「금년문단에 바란다 - 장미밭의 전쟁을 지양」, 『한국일보』(1958).

「모래의 성을 밟지 마십시오 - 문단선배들에게 말한다」, 『서울신문』(1958).

「한국소설의 현재와 장래 - 주로 해방 후의 세 작가를 중심으로」, 『지성』(1958).

「문학과 '젊음' - 〈문학도 함께 늙는가〉를 읽고」, 『경향신문』(1958).

「58년 상반기 예술계 총평 - 공백 속의 소설계」, 『세계일보』(1958).

「바람과 구름과의 대화 - 왜 문학논쟁이 불가능한가」, 『문화시대』(1958).

1978년 제2회 이상문학상 수상식을 마치고(왼쪽부터 평론가 권영민, 소설가 한수산, 이어령, 수상자 이청준).

「조롱을 여시오 – 시인 서정주 선생님께」, 『경향신문』(1958).

「1958년의 소설 총평」, 『사상계』(1958).

「대화정신의 상실 – 최근의 필전을 보고」, 『연합신문』(1958).

「작가의 현실참여」, 『문학평론』(1959).

「방황하는 오늘의 작가들에게 – 작가적 사명」, 『문학평론』(1959).

「영원한 모순 – 김동리 씨에게 묻는다」, 『경향신문』(1959).

「못 박힌 기독은 대답없다 – 다시 김동리 씨에게」, 『세계일보』(1959).

「논쟁의 초점 – 다시 김동리 씨에게」, 『경향신문』(1959).

「상상문학의 진의 – 펜의 논제를 말한다」, 『동아일보』(1959).

「길에 도표가 없다 – 상반기의 시와 소설」, 『사상계』(1959).

「그날 이후의 문학 – 6·25를 기억하는 '메니페스토'」, 『조선일보』(1959).

「프로이트 이후의 문학 – 그의 20주기에」, 『조선일보』(1959).

「이상의 소설과 기교(상) – 〈실화〉와 〈날개〉를 중심으로」, 『문예』(1959).

「이상의 소설과 기교(하) – 〈실화〉를 중심으로」, 『문예』(1959).

「20세기 문학사조 – 현대사조와 동향」, 『세계일보』(1960).

제5회 이상문학상 수상식장에서(왼쪽부터 아동문학가 유경환, 평론가 강인숙, 소설가 최정희, 소설가 김동리, 수상자 박완서, 소설가 박화성, 평론가 백철).

1982년 샘터화랑에서 열린 『문학사상』 창사10주년전(왼쪽부터 이어령, 시인 서정주, 소설가 이병주).

「현대소설의 반성과 모색 – 60년대를 기점으로」, 『사상계』(1961).
「한국 소설의 맹점 – 리얼리티와, 문제를 중심으로」, 『사상계』(1962).
「한국적 휴머니즘의 발굴 – 유교정신에서 추출해 본 휴머니즘」, 『신사조』(1962).
「현대소설의 이미지 – 잃어버린 메시아와 걸인의 목소리」, 『문학춘추』(1964).
「현대소설의 60년 – 서설」, 『문학춘추』(1964).
「한국비평문학 50년」, 『사상계』(1965).
「문학과 역사적 사건 – 4·19를 예로」, 『한국문학』(1966).
「'에비'가 지배하는 문화 – 한국문화의 반문화성」, 『조선일보』(1967).
「현대문학과 인간소외 – 현대부조리의 인간소외」, 『사상계』(1968).
「문학은 권력이나 정치이념의 시녀가 아니다 – 오늘의 한국문화를 위협하는 것의 해명」, 『조선일보』(1968).
「한국문학의 구조분석 – 바다와 소년의 의미분석」, 『문학사상』(1974).
「한국문학의 구조분석 – 춘원 초기 단편소설의 분석」, 『문학사상』(1974).
「이상문학의 출발점」, 『문학사상』(1975).
「푸는 문화, 신바람의 문화」, 『중앙일보』(1982).

「떠도는 자의 우편번호」, 『중앙일보』(1982).

「해방 40년, 한국여성의 삶 – 지금이 한국여성사의 터닝포인트」(공저), 『여성동아』(1985).

「윤동주시의 기호론적 연구」, 『국어국문학』(1987).

「병렬법의 시학 – 〈용비어천가〉와 〈봄은 고향이로다〉」, 『문학사상』(1988).

「우리 문화 살리는 길 – 신임 문화부장관의 신한국문화론」(공저), 『월간중앙』(1992).

「출판정책에 있어서 문화부의 역할과 기본방향」, 『출판문화』(1990).

「21세기 문명과 한국문화의 가능성」, 『치안문제』(1993).

「21세기를 향한 정보기술의 발전방향」, 『행정과 전산』(1993).

「다시 읽는 한국시 – 김소월 〈엄마야 누나야〉」, 『조선일보』(1996).

「다시 읽는 한국시 – 김소월 〈진달래꽃〉」, 『조선일보』(1996).

「다시 읽는 한국시 – 정지용 〈춘설(春雪)〉」, 『조선일보』(1996).

「다시 읽는 한국시 – 이육사 〈광야〉」, 『조선일보』(1996).

「다시 읽는 한국시 – 김상용 〈남으로 창을 내겠소〉」, 『조선일보』(1996).

「다시 읽는 한국시 – 김영랑 〈모란이 피기까지는〉」, 『조선일보』(1996).

「다시 읽는 한국시 – 유치환 〈깃발〉」, 『조선일보』(1996).

「다시 읽는 한국시 – 박목월 〈나그네〉」, 『조선일보』(1996).

「다시 읽는 한국시 – 정지용 〈향수(鄕愁)〉」, 『조선일보』(1996).

「우리 문화가 중·일보다 독특한 점 알리자」, 『조선일보』(1996).

「다시 읽는 한국시 – 노천명 〈사슴〉」, 『조선일보』(1996).

「다시 읽는 한국시 – 김광섭 〈저녁에〉」, 『조선일보』(1996).

「다시 읽는 한국시 – 이육사 〈청포도〉」, 『조선일보』(1996).

「다시 읽는 한국시 – 한용운 〈님의 침묵〉 중 〈군말〉」, 『조선일보』(1996).

「다시 읽는 한국시 – 서정주 〈화사(花蛇)〉」, 『조선일보』(1996).

「다시 읽는 한국시 – 박두진 〈해〉」, 『조선일보』(1996).

「다시 읽는 한국시 – 이상 〈오감도〉」, 『조선일보』(1996).

「다시 읽는 한국시 – 심훈 〈그날이 오면〉」, 『조선일부』(1996).

「다시 읽는 한국시 – 김광균 〈외인촌(外人村)〉」, 『조선일보』(1996).

「다시 읽는 한국시 – 조지훈 〈승무〉」, 『조선일보』(1996).

「다시 읽는 한국시 - 김현승 〈가을의 기도〉」, 『조선일보』(1996).

「다시 읽는 한국시 - 김광균 〈추일서정〉」, 『조선일보』(1996).

「다시 읽는 한국시 - 윤동주 〈서시(序詩)〉」, 『조선일보』(1996).

「다시 읽는 한국시 - 윤동주 〈자화상(自畵像)〉」, 『조선일보』(1996).

「다시 읽는 한국시 - 서정주 〈국화옆에서〉」, 『조선일보』(1996).

「다시 읽는 한국시 - 김기림 〈바다와 나비〉」, 『조선일보』(1996).

「다시 읽는 한국시 - 오장환 〈The Last Train〉」, 『조선일보』(1996).

「다시 읽는 한국시 - 김동명 〈파초(芭草)〉」, 『조선일보』(1996).

「다시 읽는 한국시 - 이상화 〈나의 침실로〉」, 『조선일보』(1996).

「다시 읽는 한국시 - 김동환 〈웃은 죄〉」, 『조선일보』(1996).

「다시 읽는 한국시 - 유치환 〈귀고(歸故)〉」, 『조선일보』(1996).

「다시 읽는 한국시 - 김수영 〈풀〉」, 『조선일보』(1996).

「다시 읽는 한국시 - 박남수 〈새〉」, 『조선일보』(1996).

「시는 끝없이 새의미를 창출, 목적론적 해석은 시의 생명 죽일뿐 - 연재를 마치며」, 『조선일보』(1996).

「이어령 석학교수의 학부모들에게 고함 - '사교육비 투자보다 책읽는 부모 모습 보여주라!'」, 『신동아』(1997).

「IMF시대를 SOHO시대로」, 『동아일보』(1997).

「벤처기업정신이 한국을 구한다」, 『동아일보』(1998).

「밀레니엄의 끝과 시작 - 이어령 교수의 '20세기 송가' - '20세기 교실'에서 벌렸던 학생 - 한때는 '한강의 기적' 모범생 - 이젠 손잡고 20세기 마당을 쓸자」, 『조선일보』(1999).

「일본의 '밀레니엄' 버그」, 『동아일보』(1998).

「21세기 서울 도시·건축의 문화적 정체성」, 『건축』(1999).

「'문화의 세기' 첫 아침에」, 『동아일보』(1999).

「20세기 마지막 노을 속에서 - '인간' 사라진 회색의 세기 - 회한과 슬픔안고 '안녕'」, 『조선일보』(1999).

「신 사고로 21세기를 준비하자」, 『경영계』(2000).

「걸으면 세상이 보인다」, 『동아일보』(2000).

「2001 새내기들에게 고함」, 『중앙일보』(2001).

「일본의 역사는 왜 뒤로 가고 있는가」,『중앙일보』(2001).

「이어령의 미래가 보이는 마당」,『중앙일보』(2001).

「이어령의 미래가 보이는 마당 – 널뛰기」,『중앙일보』(2001).

「헴로크를 마신 뒤에 우리는 무엇을 말해야 하나 – 정보·지식·지혜」,『문학사상』(2001).

「이어령 교수 고별 강연 완성본 전재」,『조선일보』(2001).

「이어령의 미래가 보이는 마당 – 쌍방향의 신바람 '판'」,『중앙일보』(2001).

[소설·희곡]

「환상곡(배반과 범죄)」,『예술집단』(1955. 7).

「마호가니의 계절」,『예술집단』(1955. 12).

「사반나의 풍경」,『문학』(1956. 1).

「장군의 수염」,『세대』(1966. 3).

「무익조(KIWI)」,『사상계』(1966. 5).

「암살자」,『한국문학』(1966. 9).

「전쟁 데카메론」,『주간한국』(1966. 12).

프랑스 누보로망의 작가 로브그리예와 함께(1970년대).

「환각의 다리」,『세대』(1969. 4).
「기적을 파는 백화점」,『대화』(1977. 1).
「사자와의 경주」,『세대』(1977. 1).
「의상과 나신」,『한국문학』(1978. 5~1979. 2).
「둥지 속의 날개」,『한국경제신문』(1983. 2. 18~12. 30).
「홍동백서」,『민족과 문학』(1993. 1).

[학위 논문]
「상징체계론」,(서울대 석사 논문. 1960).
「문학공간의 기호론적 연구 – 청마의 시를 모형으로 한 이론과 분석」, (단국
대 박사 논문. 1987).

[단행본]
『종합국문연구』(공저), 선진문화사(1955).
『저항의 문학』, 경지사(1959), 예문관(1965), 기린원(1986), 문학사상사(2003).
『지성의 오솔길』, 동양출판사(1960), 현암사(1964), 기린원(1986), 문학사상

등산 친구들과 함께(오른쪽부터 국민대 주종현, 서울대 김용직, 이대 김상태 교수).

230   작가와 함께 대화로 읽는 소설 「장군의 수염」

『멋과 미』(공저), 삼성문화개발(1992).

『동창이 밝았느냐』, 동화출판사(1993).

『한·일 문화의 동질성과 이질성』(공저), 신구미디어(1993).

『어머니, 나의 어머니』(공저), 자유문학사(1993).

『축소지향의 일본인 그 이후』, 기린원(1994).

『한국인의 손, 한국인의 마음』, 디자인하우스(1994).

『나를 찾는 술래잡기』, 문학사상사(1994).

『말 속의 말』, 동아출판사(1995).

『시 다시 읽기』, 문학사상사(1995).

『이어령대표작품선집』, 책세상(1995).

『김치 천년의 맛』(공저), 디자인하우스(1995).

『한국인의 신화』, 서문당(1996).

『어머니』(공저), 자유문학사(1996)..

『문장백과대사전』(편저), 금성출판사(1997).

『생각에 날개를 달자 1~12』, 웅진출판사(1997).

『천년을 달리는 아이』, 삼성출판사(1999).

『천년을 만드는 엄마』, 삼성출판사(1999).

『공간의 기호학』, 민음사(2000).

『당신의 아이는 행복한가요』(공저), 디자인하우스(2001)..

『한국의 명문』(공저), 월간조선사(2001).

『말로 찾는 열두 달』, 문학사상사(2002).

『장미밭의 전쟁』, 문학사상사(2003).

『어머니와 아이가 만드는 세상』, 문학사상사(2003).

『기업과 문화의 충격』, 문학사상사(2003).

『진리는 나그네』, 문학사상사(2003).

『신화 속의 한국정신』, 문학사상사(2003).

『시와 함께 살다』, 문학사상사(2003).

『일본문화와 상인정신』, 문학사상사(2003).

『젊은이여 한국을 이야기하자』, 문학사상사(2003).

『소나무』(책임편찬), 생각의나무(2003).

사(2003).

『현대휴매니스트의 고백(전쟁과 인간)』(편저), 경지사(1961).

『전후문학의 새물결』(편저), 신구문화사(1962).

『오늘을 사는 세대』, 신태양출판국(1963).

『흙 속에 저 바람 속에』, 현암사(1963), 동화출판공사(1969), 범서출판사(1975), 갑인출판사(1984), 문학사상사(2002).

『세계의 명저(대표작 200선·그 개요·비평) 상·하』(편저), 법통사(1964).

『바람이 불어오는 곳』, 현암사(1965), 동화출판공사(1969), 삼중당(1975), 문학사상사(2003).

『유형지의 아침』, 예문관(1965).

『이어령에세이 옴니버스 1~5』, 삼중당(1966).

『통금시대의 문학』, 삼중당(1966).

『장군의 수염』, 현암사(1966), 삼중당(1975), 갑인출판사(1984), 문학사상사(2002).

『하나의 나뭇잎이 흔들릴 때(자전적 인생론)』, 현암사(1966), 갑인출판사(1982), 문학사상사(2003).

영인문학관 정원에서(2007년).

『20세기 세계여류문학선집 1~3』(편저), 신태양출판국(1967).
『노래여 천년의 노래여』, 동화출판공사(1968), 문학사상사(2003).
『어느 일몰의 시각엔가』, 중앙출판사(1968).
『한국과 한국인 1~6』, 삼성출판사(1968).
『차 한 잔의 사상』, 동화출판공사(1969), 문학사상사(2002).
『장미 그 순수한 모순』, 동화출판공사(1969).
『우수의 사냥군』, 동화출판공사(1969).
『거부하는 몸짓으로 이 젊음을』, 동화출판공사(1969), 삼중당(1975), 문학사상사(2003).
『인간이 외출한 도시』, 동화출판공사(1969).
『세계문장대백과사전 1~5』, 삼중당(1971).
『현대인이 잃어버린 것들(현대문명과 인간)』, 서문당(1971), 문학사상사(2003).
『(포토에세이)지금은 몇 시인가 1~5』(편저), 서문당(1971).
『저 물레에서 운명의 실이(이것이 여성이다)』, 범서출판사(1972), 갑인출판사(1984), 문학사상사(2002).
『한국인의 신화』, 서문당(1972).
『한국인의 재발견』, 교학사(1973).
『아들이여 이 산하를』, 범서출판사(1973).
『당신은 아는가 나의 기도를』, 동화출판사(1975).
『한국작가전기연구 상·하』(편저), 동화출판공사(1975).
『서양에서 본 동양의 아침』, 범서출판사(1975).
『현대휴머니스트의 고백』(편저), 백만사(1976).
『오늘의 한국작품』(편저), 범서출판사(1976).
『문학을 보는 새로운 시선』(세계의 고전편), 범서출판사(1976).
『이어령신작전집 1~10』, 갑인출판사(1977).
『환각의 다리』, 서음출판사(1977), 문학사상사(2002).
『오늘의 한국 작품』, 범서출판사(1978).
『휴일의 에세이』(편저), 문학사상사(1978).
『세계문학100선집 1~30』(편저), 경미문화사, (1979~1980).
『휴일의 소설』(편저), 문학사상사(1979).

『(70년대)문제소설집』(편저), 범서출판사(1978).
『이어령대표에세이집』(상·하), 고려원(1980).
『축소지향의 일본인』, 갑인출판사(1982), 기린원(1986),
『말』, 문학세계사(1982).
『한국 지성인 대표 걸작집 1~4』(공저), 중앙(1982).
『떠도는 자의 우편번호』, 범서출판사(1983), 문학사상사
『기적을 파는 백화점』, 갑인출판사(1984), 문학사상사(2
『푸는 문화 신바람의 문화』, 갑인출판사(1984).
『뜨거운 언어를 너의 가슴에』, 금하(1984).
『둥지 속의 날개』(상·하), 홍성사(1984), 동화서적(1993),
『고전을 읽는 법』, 갑인출판사(1985).
『젊음이여 어디로 가는가』, 갑인출판사(1985), 기린원(19
『문학논쟁집(장미밭의 전쟁)』, 기린원(1986).
『뿌리를 찾는 노래』, 기린원(1986).
『서양의 유혹』, 기린원(1986).
『오늘보다 긴 이야기』, 기린원(1986), 문학사상사(2002).
『한국인이여 고향을 보자』, 기린원(1986).
『지성채집(이어령 문학선)』, 나남(1986).
『신한국인』, 문학사상사(1986).
『이어령전집 1~20』, 삼성출판사(1986).
『무익조』, 기린원(1987).
『세 번은 짧게 세 번을 길게』, 기린원(1987).
『아들이여 이 산하를』, 문학사상사(1987).
『세계 지성과의 대화』, 문학사상사(1987).
『(금성판)문장백과대사전』(편저), 금성출판사(1988).
『한국문학연구사전』, 우석(1990).
『정보사회의 기업문화』, 한국통신기업문화진흥회(1990).
『이것이 여성이다』, 문학사상사(1992).
『이것이 한국이다』, 문학사상사(1992).
『그래도 바람개비는 돈다』, 동화서적(1992).

『매화』(책임편찬), 생각의나무(2003).
『디지로그』, 생각의나무(2006).
『대나무』(책임편찬), 종이나라(2006).
『국화』(책임편찬), 종이나라(2006).
『난초』(책임편찬), 종이나라(2006).
『우리문화 박물지』, 디자인하우스(2007).

작가와 함께 대화로 읽는 소설
장군의 수염

2008년 1월 10일 초판 1쇄 인쇄
2008년 1월 15일 초판 1쇄 발행

지은이 _ 이어령
대 담 _ 이태동
펴낸이 _ 정종진
펴낸곳 _ 지식더미

주 간 _ 장현규
기획·편집 _ 김선주 이정은 김수미
디자인 _ 김재경 정희철
마케팅 _ 김종렬 송은진
파는곳 _ 도서출판 성림
        서울시 서초구 방배본동 766-34 덕성빌딩 3층
        전화 02)534-3074~5 / 팩스 02)534-3076
        E-Mail. wisejongjin@yahoo.co.kr
        Homepage. www.sunglimbook.com
등록일자 _ 1989년 11월 21일
등록번호 _ 2-911

ISBN 978-89-7124-085-4

ⓒ 이어령·이태동, 2007. Printed in Korea